Straeon Ffas a Ffridd

Meirion Evans

GOMER

Argraffiad cyntaf— Mehefin 1996

ISBN 1 85902 333 9

ⓗ Meirion Evans

Dymuna'r cyhoeddwyr gydnabod cymorth adrannau Cyngor Llyfrau Cymru.

Argraffwyd gan
Wasg Gomer, Llandysul, Ceredigion

Cyflwynaf y gyfrol hon i 'NHAD
ac er cof am MAM

Cynnwys

RHAGAIR

Tua naw oed oeddwn i pan symudodd 'Nhad a Mam, fy chwaer Glynwen a minnau i fyw i dyddyn Coedcae Croes, hen gartref teulu fy nhad. Y mae Felindre rhywle rhwng Cwm Tawe a Dyffryn Llwchwr ac fe saif Coedcae Croes rhwng afonydd llai Llyw a Llan. Tafodiaith y bröydd hynny a siaredir gan gymeriadau'r straeon hyn.

Glöwr fu fy nhad erioed fel eraill o'm cyndadau ar ddwy ochr y teulu. Ond ar yr un pryd bu iddo ofalu am y pedair buwch a'r gaseg, y moch a'r ieir, ac yn ddiweddarach y merlod mynydd Cymreig a'r cobiau. Hynny gyda chymorth nid ansylweddol fy mam. Yr oedd sawl aelod o'r teulu yn gyfarwyddiaid diddorol a threuliais lawer awr ddifyr yn gwrando adrodd straeon am gymeriadau a fu'n torri glo ac arddio maes, pobol y ffas a'r ffridd. Hyn, fe ddichon, a greodd ynof ddiddordeb ac awydd i greu cymeriadau tebyg i Wil Hwnco Manco a Ianto Piwji. Ond rhaid ychwanegu mai dychmygol ydynt bob un.

Eto i gyd, rhaid addef na fyddai'r straeon wedi gwld golau dydd heb anogaeth Eleri Hopcyn o'r BBC. Bu iddi bwyso'n drwm a disgwyl yn amyneddgar am y sgriptiau. Diolch iddi hi ac i'r Gorfforaeth am eu comisiynu. Cynnwys y gyfrol hon yw y gyntaf o ddwy gyfres o chwe stori a ddarlledwyd ar Radio Cymru. Recordiwyd hwy o flaen cynulleidfaoedd yn y Tymbl, Felindre a Phorth Tywyn a mawr yw fy nyled i'r bobl dda hynny am eu hymateb gwerthfawrogol. Y mae rhan helaeth o'r diolch am hynny yn ddyledus i Caradog Evans a gyflwynodd y storïau yn ei ddull dihafal ef ei hun. Gwerthfawrogaf hefyd waith ac amynedd Dyfed Elis-Gruffydd a Gwasg Gomer a'i chrefftwyr ynghyd â Eric Jones a'i ddawn i lumio'r cartŵn ar glawr y gyfrol. Gobeithiaf y bydd i chi fwynhau darllen.

Meirion Evans
Porth Tywyn, Llanelli
1996

1 Y Geneva Kid

Pentre o lowyr yw Felin-y-Pandy—dyna fuws e ers cenedlaethe. Mab wedi dilyn tad, hwnnw wedi dilyn ei dad ynte a mab hwnnw wedyn yn ei dro yn dilyn yr un llwybr tua gwaith Y Graig Ddu. Yn wir, galle ambell un ymffrostio, (os ymffrostio hefyd), fod cyment â pheder cenhedleth yn olynol wedi torri glo o'r Graig Ddu i dwymo aelwydydd ymhell ac agos.

Dyw'r gwaith glo ddim ynghanol y pentre nag ar ei ymylon chwaith, a diolch am 'nny. Wedi'r cwbwl, do's neb ishe rhwbeth fel'na ar garreg ei ddrws a ma' fe'n beth da i'r menywod allu rhoi dillad ma's ar y lein heb orfod poeni am luwch a fflwcs du yn hedfan ambythdu'r lle. A dyw'r dynion ddim yn achwyn chwaith er bod gyda nhw ddwy filltir o daith cyn dechre a dwy filltir i ddod sha thre wedyn ar ôl týrn caled o dan ddiar.

Crwt peder ar ddeg o'd o'dd John Calfin Williams, unig fab William a Sara Williams, nymbar ffôr Hewl y Mynydd, pan a'th e ar y daith ddwy filltir i wynebu ei dýrn cynta yn y Graig Ddu. Gadel yr ysgol brynhawn dydd Gwener a dranno'th mynd gyda'i dad i brynu trowser molscin a drafers a mwffler a bocs bwyd i fod yn barod i ddechre gwitho fore Llun. Dyna o'dd y drefen ar gownt cryts y pentre i gyd.

Ond nid fel'na o'dd pethe i fod i droi ma's yn hanes John—wel ddim yn ôl ei dad ta beth. Wil Bocswr fydden ni'n galw hwnnw. Hynny yw, Wil Bocswr o'dd e cyn ei dröedigeth. Neu, os gwedws Ianto Piwji, cyn iddo fe ga'l 'twtsh bach'. Un cellweirus fel'na o'dd Ianto. O'dd e a Wil wedi bod yn bartnerion erioed—byw cwpwl o ddrwse wrth ei gilydd, gwitho yn yr un gwaith, y ddou yn dileito miwn bocso ac yn gyfarwydd â tu fiwn i bob tafarn yn y cylch.

Ond rhyw nos Sadwrn o'dd y ddou wedi mynd sha'r dre a wedi ca'l diferyn bach yn fwy na beth ddylen nhw.

'Dere . . . dere miwn man hyn, Wil,' medde Ianto yn dafod tew i gyd. 'Dere miwn man hyn i ga'l gweld be sy mla'n 'ma.'

A 'man hyn' o'dd rhyw babell fawr wedi'i chodi o fla'n neuadd y dre, a honno yn ole i gyd.

'Beth . . . beth ti'n feddwl yw e . . . Ianto?' holodd Wil rhwng pwle o rug.

'Wy' ddim yn gwbod . . . diawsti, wy' ddim yn credu llai nago's syrcas 'ma.'

A miwn â nhw. Ond do'dd dim eliffant na llew yn agos i'r lle, dim ond slabyn mawr o fachan ar ben llwyfan yn rhuo rhwbeth yn Sisneg—Ianc wrth 'i sŵn e. A fuon nhw ddim yn hir cyn dyall taw miwn rhyw short o gwrdd diwygiad o'n nhw. Fe ga's Ianto shwd gyment o ofon fe sobrws e miwn wincad a ma's â fe mor glou â galle fe. Ond 'i stico hi 'nath Wil—i'r diwedd. Nid bod e'n dyall hanner beth o'dd y dyn yn weud, ond fe ddyallws e ddigon idd'i sobri ynte 'ed. Ac yn wahanol i Ianto fe sobrws Wil unwaith ac am byth.

O'dd Sara wedi hen fynd i'r gwely pan dda'th 'i gŵr sha thre. O'dd hi wastod yn neud 'run peth acha nos Sadwrn achos o'dd hi'n gwbod na fydde dim modd dala pen rheswm ag e ar ôl nosweth ma's yng nghwmni Ianto. Ond y nos Sadwrn yma, yn lle cripad i'r gwely yn dawel, dyma Wil yn galw o wilod y stâr.

'Sara! Ble ddodest ti'r menig bocso 'na, gwed?'

'Dere sha'r gwely, y dyn dwl! Pwy fenig bocso ti'n wilia ambythdu? Ti'n gwbod beth o'r gloch yw hi?'

'Wy'n gofyn i ti 'to, ble ti 'di cwato'r menig 'na?'

'Pam, pwy ti'n feddwl wmladd? Os wyt ti yn yr un picil ag o't ti nos Sadwrn dwetha fydd e'n gyment alli di neud i wmladd dy ffordd lan y stâr. Dere!'

'Wy'n moyn y menig bocso. Nawr! Wy' ishe'u llosgi nhw, tweld.'

A phan glywodd Sara hynny, fe benderfynws fod 'i phriod wedi ca'l mwy i yfed hyd yn o'd nag arfedd.

'Rhynto ti a dy gart,' medde Sara, mwy wrthi hi'i hunan nag wrth 'i gŵr, a fe drows ar 'i hochor a mynd yn ôl i gysgu. Wedi whilmentan getyn fe ffindws Wil y menig yn y cwtsh dan stâr.

'Sara, wy' ishe i ti ddod lawr fan hyn. Nawr!'

A lawr â hi—wel man a man iddi achos do'dd dim gobeth cysgu a hwn yn gweiddi fel peth dwl.

'Ti'n gweld rhain?' mynte Wil a dala'r menig lan a'u dangos nhw i Sara fel 'se hi'n 'u gweld nhw am y tro cynta eriod.

'Odw, yn iawn. Wy' 'di gweld mwy na'n siâr o' nhw. Nawr dere i'r gwely, er mwyn dyn!'

'Wel, ti 'di gweld nhw am y tro dwetha. Sa fan'na.'

A'r peth nesa mi o'dd pâr o fenig bocso dim gwath na newydd ar ben tân y gegin a Sara'n sefyll fan'ny ddim yn siŵr beth o'dd neud, p'un taw hala moyn doctor ne' galw'r polis ne' beth.

'Co fe, shgwl. Co ti'n hen fywyd i yn y fflame, wedi mynd lan 'da'r mwg am byth.'

Y Sul wedyn mi o'dd Wil yn y cwrdd am y tro cynta 'ddar o'dd e'n grwtyn bach. Ac os buws Jones y gweinidog bythdu ga'l haint wrth 'i weld e, fuws e bythdu ga'l strôc pan drows Wil miwn i'r cwrdd wthnos nos Fercher.

Ag o'dd Sara ddim yn dyall beth o'dd yn digwydd 'ed.

'Grinda, sda fi ddim byd yn erbyn i ti fynd sha'r cwrdd acha dy' Sul, ond sdim ishe mynd dros ben llestri, o's e! A ble ti'n feddwl wy'n ca'l cryse glân i ti bob wthnos? Whare teg i fi, ma' sens miwn byta potsh acha rhaw 'ed.'

'Ti'n gweld, Sara, wyt ti ddim yn dyall. Ma' 'da fi ffeit fawr ar 'y nwylo, on'd o's e.'

'Ffeit? Pwy ffeit ti'n wilia ambythdu? Mawredd annwl, ti'di llosgi dy fenig, on'd wyt ti?'

'Ie, ond nid ffeit fel'na yw hi, tweld. A fues i ddim yn y *ring* 'da bachan mwy danjeris na hwn eriod, cred ti fi. Ti'n gweld, Sara, wmladd â'r diafol odw i'n neud nawr, ontefe.'

'Jiw, jiw! Gredes i am funed bod ti'n mynd i wmladd Tommy Farr fel ti'n siarad.'

'Na, na. Ma' mwy o waith trafod ar hwn na fydde ar Tommy Farr hyd yn o'd. Ond paid ti becso, wy'n benderfynol o roi noc owt iddo fe 'se fe'r peth dwetha 'naf fi.'

'Wel tria'i fwrw fe ma's yn y rownd gynta 'te. Fydd dim ishe i ti fynd sha'r cwrdd bob nos Fercher wedyn—a fe safith e fi olchi dy gryse di mor amal.'

Ond para i fynd 'nath Wil trw'r cwbwl i gyd. A rhyw nos Fercher, wedi i Jones gweinidog ddyall taw nage tân siafins o'dd ffyddlondeb yr aelod newydd hwn o'r cwrdd wthnos, dyma fentro galw arno fe mla'n.

'Fyddach chi'n barod i ddod ymlaen i ddeud gair, William Williams? Rhyw air bach o brofiad ella?'

A cyn bod e'n gwbod beth o'dd yn digwdd fe ga's Wil 'i hunan yn y sêt fawr. O'dd 'na dipyn llai o bobol fan hyn na fydde'n dod i'w weld e'n bocso ac, yn wahanol i'r rheiny, do'dd rhain ddim yn gwiddi a rhegi. Ond fe ga's Wil shwd gyment o ofon, pan agorws 'i ben dda'th 'na ddim un sŵn ma's. O'dd e'n sefyll fan'ny yn gwmws fel pysgodyn ar dir sych. Fe benderfynws Jones gweinidog falle dyle fe gynnig rhywfaint o help iddo fe.

'Ella basa chi'n lecio ledio rhyw emyn bach, William Williams. Dowch, beth am hwn? Dyma chi emyn o waith dyn o'r un enw â chi 'lwch, William Williams, yr hen Bant 'i hunan. Dowch, lediwch y Delyn Aur i ni.' A fe estynnws Jones y llyfr emyne agored i Wil.

Ond beth o'dd Jones ddim yn wbod o'dd nago'dd Wil ddim yn gallu darllen. Wel, ddim yn iawn ta beth. O'dd e'n gweld dim byd ond niwl o fla'n 'i lyged a geirie'n dawnsio yn 'i ganol e. Ond do'dd dim rhoi miwn i fod. O na, do'dd e ddim wedi osgoi ffeit eriod ac os o'dd noc owt i fod i'r diafol, wel nawr amdani. A 'ma roi cynnig arni.

> 'Dechre canu dechre . . . dechre hwnco,
> Ymhen mil o . . . mil o hwnco maith,
> Iesu bydd yr . . . bydd yr hwnco manco
> Hwnco draw ar ben eu taith.
>   Bechingalw
> Byth ar sŵn y . . . yr hwnco aur.'

Alle neb weud fod y gŵr drwg wedi ca'l rhyw lawer o niwed wrth yr ergyd yna. Ond ma' lle i gredu nag yw Jones gweinidog ddim wedi dod at 'i hunan hyd y dydd heddi. A falle taw Wil 'i hunan ga's yr ergyd witha achos y nosweth honno fe a'th Wil Bocswr yn Wil Hwnco Manco ar lafar yr holl wlad.

A fuws hanes darllen yr emyn ddim yn hir cyn cyrra'dd cluste Sara 'ed.

'Tr'eni na allet ti ddarllen. Pwy sy'n gwbod, falle fyddet ti'n bregethwr mawr erbyn heddi.'

'Paid ti sbortan gormodd, 'y merch i. Falle bydden i o ran beth wyt ti'n wbod, ond ceso i ddim o'r cyfle naddo fe.'

A phan ga's John bach ei eni fe benderfynws Wil fod hwn yn mynd i ga'l pob cyfle, reit o'r dwarnod cynta. 'Start dda, 'na beth sy ishe. Fe 'naiff e hi os caiff e start dda.'

A phythewnos wedi'r enedigaeth fe a'th y tad balch sha'r dre i gofrestru'r etifedd newydd. O'dd Sara wedi penderfynu taw John o'dd yr enw i fod.

'Cofia di nawr, JOHN. Ti'n dyall? JOHN . . . ar ôl nhad.'

'Ie, ond John o'dd 'y nhad inne 'ed,' mynte Wil yn ddigon diniwed.

'Nid y JOHN yna wy'n feddwl! Wy' ddim ishe iddo fe ga'l 'i enwi ar ôl y pwtryn 'na. A gofala beth wy' wedi weud 'thot ti.'

'Nawr 'te, os caf fi'r manylion,' medde'r cofrestrydd yn bwysig reit. A fe rows Wil 'i enw fe'i hunan ac enw'r fam.

'Sara . . . O ie, Sara Jane. Pidwch anghofio'r Jane ta beth 'newch chi. Jane o'dd enw'i mam, chweld.'

'A'ch gwaith chi?'

'Dan ddiar.'

'C-o-a-l H-e-w-e-r,' meddai'r cofrestrydd gan ynganu'r geirie wrth eu hysgrifennu.

'Nage, colier.'

'A Mrs Williams, beth ma' hi'n neud?'

'Eh? . . . O, dim byd.'

'Beth chi'n feddwl, dim byd? Ma' hi siŵr o fod yn neud bwyd a golchi, o's bosib.'

'O, ody, ody, a c'wiro'n sane i a phopeth . . . ond dyw hi ddim yn gwitho.'

A fe ysgrifennodd y cofrestrydd eto, *H-o-u-s-e w-i-f-e*.

'Bachgen neu ferch?'

'Crwt wrth gwrs.'

'A'r enw?'

'John.'

'Rhwbeth arall?'

'Williams.'

'Wy'n gwbod hynny, ddyn. O's gyda fe enw arall? Ody fe'n William John ne' John Daniel ne' beth?'

Ac yn syden reit dyma Wil yn cofio iddo fe glywed Jones gweinidog yn sôn rhwbeth ambythdu rhyw bregethwr mawr o Geneva, a cyn meddwl rhagor, medde Wil,

'John Calfin . . . John Calfin Williams.'

A lawr â'r enw yn y llyfr . . . J-o-h-n C-a-l-f-i-n.

Pan welws Sara y dystysgrif eni fe fuws yna gythrel o le yn nymbar ffôr Hewl y Mynydd.

'Beth yw shwd enw â hyn, meddet ti? JOHN wedes i 'thot ti, a dim ond JOHN er parch i nhad. A beth wede'r pŵr dab 'se fe ond yn gwbod? Ma' fe siŵr o fod yn troi yn 'i fedd.'

'Fydde fe wedi neud mwy o les iddo fe 'se fe wedi troi cyn mynd iddi'i fedd weden i.'

'Siarad di am dy dad dy hunan, ma' 'da ti ddigon o waith i ga'l ffor'na. A beth yw'r Calfin 'ma? Ble ar y ddiar cest ti hwnna?'

'Grinda, os yw'r crwt 'ma yn mynd i fod yn bregethwr ma' rhaid iddo fe ga'l enw pregethwr. O leia mi fydd hynny'n start iddo fe, on'd bydd e.'

'Hy! Pwy ddwarnod wedest ti bod enw pregethwr 'da ti 'ed. William Williams . . . a shgwl a' ti, fuws e ddim lot o help i ti naddo fe.'

'Falle 'nny, ond ceso i ddim o'r siawns ga's y dyn Pantycelyn 'na, naddo fe.'

Ond mi o'dd John bach i ga'l pob siawns yn y byd.

* * *

'John Calfin!'—a mi o'dd Wil bob amser yn cyfarch y mab wrth 'i enw llawn— 'John Calfin! Dere sha'r tŷ i neud dy *'omework*. Dere, ma' dy fam wedi cynnu tân yn y parlwr i ti.'

Falle fydde deg muned yn mynd a dim sôn am yr egin bregethwr yn ateb yr alwad.

'Wy' ddim yn gweud 'thot ti 'to. Dere sha'r tŷ 'ma ar unweth ne' wy'n mynd lawr i'r Co-op peth cynta bore fory i ercyd trwser molscin a mwffler i ti.'

A wedi deg muned arall o anufudd-dod,

'Sara, wy' ddim yn gwbod beth i neud â'r crwt 'ma, nagw i wir. Fydde man a man i fi fwrw 'mhen yn erbyn y wal. Wy' fan hyn yn hwthu a bragawthan a cnoi dannedd . . .'

'Chwythu bygythion a chelanedd ti'n feddwl, dyna wedws Paul ta beth.'

'Wel smo'r crwt 'ma'n neud un sylw, ta beth wedws e.'

'Falle nag yw e ddim wedi dy glywed ti.'

'Mawredd annwl! Sdim byd yn bod ar 'i glyw e, o's bosib, crwt yr oedran 'na. Sa am bach, ddoda i fe i glywed nawr!'

A ma's â Wil y trydydd tro a bwgwth yn ffyrnicach byth.

'Reit, beth yw hi i fod, trwser molscin ne' trwser streip? G'na di fel ti'n dewish, ma' fe lan i ti yn gwmws. Ond os na ddoi di'r funed 'ma wy'n mynd i weld Davies y manijer peth cynta bore fory i weld alli di ga'l start bore Llun.'

Ac o'r diwedd mi fydde John yn gadel y chware a dod i'r tŷ yn llwyr 'i din. Nid o achos bod gyda fe rhyw gariad mawr at 'i lyfre ond am fod mwy o apêl miwn trwser streip nag o'dd miwn ca'l cwpwl o streips ar 'i ben-ôl. Falle bod Wil wedi ca'l tröedigeth, ond do'dd e ddim wedi anghofio fod strapen waith yn dda i rwbeth heblaw i ddala'i drwser e lan.

Ond po fwya fydde Wil yn bwgwth y crwt, mwya yn y byd y bydde Sara yn cwni'i lewysh e.

'Wy' wedi gweud digon wrtho ti, William. Os nag yw e yndo fe . . . wel 'na fe, dyw e ddim yndo fe, nagyw e.'

'Ddim 'to falle, ond fe ddoda i fe yndo fe 'se fe'r peth dwetha 'naf fi.'

'Wel sda ti ddim yn sbâr i roi iddo fe, wy'n gwbod cyment â 'nna. A pheth arall, sdim sens bod e'n hala shwd amser yn yr hen barlwr 'na ar ben 'i hunan bach.'

'A beth sy'n bod ar y parlwr, licen i wbod? Fuws nhad yn gorwedd 'na am dair blynedd os ti'n cofio.'

'Do, a dishgwl beth ddigwyddws i hwnnw. Fuws e farw 'na yn diwedd, on'd do fe.'

'Gwaith laddws nhad. Sdim danjer i waith ladd John 'se fe'n byw sbo fe'n gant.'

A fuws Sara yn ddigon call i ddala'i thafod achos erbyn hyn mi o'dd John yn sefyll yn nrws y gegin yn fwd o'i ben i'w dra'd.

'A shgwl ar dy olwg di! Beth ti 'di bod yn neud, grwt? Rowlo yn y mwd ife?'

'Whare ffwtbol, Nhad.'

'Ffwtbol wir! Ti a dy ffwtbol!'

'Gad e fod. Ma' rhaid iddo fe whare rhywfaint. All e ddim bod yn yr hen lyfre 'na trw'r amser.'

'Ie, ond ffwtbol! Beth 'se fe'n torri'i go's ne' rwbeth? 'Sneb ishe hen bregethwr cloff, o's e. Ne' colli'i lygad walle. Ma' hi'n ddigon o job i ddarllen â dwy heb sôn am un.'

A meddyliodd Sara falle galle fe neud gwell job ag un llygad na alle'i dad neud â dwy. Ond taw o'dd pia hi.

'Wy'n mynd i roi pocrad i dân y parlwr,' a bant â Wil i baratoi'r stydi.

'O's lot o waith 'da ti, bach?' holodd Sara.

'*Essay*, mam. *Essay* Sisneg.'

'O, ar beth 'te?'

'*Coal.*'

'*Coal*? Glo ti'n feddwl? Wel 'na fe, all dy dad helpu di 'da hwn'na, o's bosib.'

'Ma' fe yn Sisneg, Mam.'

'O, peth arall yw 'nny, ontefe.'

Wedi setlo yn y parlwr dyma John yn dechre arni. Ysgrifennodd y pennawd '*COAL*' ar dop y papur. Yna edrychodd i'r tân yn hir a myfyrio ar y glo. Ond yn syden dyma'r frawddeg gynta'n dod. '*Coal is black.*' A wedi munude pellach o gnoi ewinedd dyma'r ffaith nesa'n dod, '*You can't eat coal.*' Do'dd dim dala 'nôl arno fe nawr. '*My father and Ianto Piwji*' . . . Na, gwell croesi hwn'na ma's . . . '*My father and Ifan Jenkins dig the coal every day in Graig Ddu.*'

A mi o'dd y traethawd bach yna yn ddigon o brawf nad o'dd dim llawer o ddyfodol i John druan yn y byd academaidd. A rhyw fore Llun o aeaf, hen ddwarnod o'r a diflas, ro'dd yr egin bregethwr yn 'i gap gwaith a hwnnw'n cwmpo dros 'i gluste fe, mwffler coch am 'i wddwg, trwser molscin a'i wilod e'n rwmple uwchben 'i sgidie fe, a bocs bwyd o dan 'i gesel. Ro'dd John Calfin Williams yn dechre ar y daith ddwy filltir i wynebu'i dýrn cynta ym mhwll y Graig Ddu.

Edrychodd Wil ar 'i unig anedig a da'th deigryn

i'w lygad. Na, nid fel hyn o'dd pethe i fod. Ro'dd 'i freuddwydion e i gyd yn yfflon. Dyma'r bore duaf fuws yn 'i hanes e eriod.

Druan â Wil, ychydig o'dd e'n wbod, ond o'dd gwa'th o lawer i ddod. O'dd Davies y manijer wedi trefnu i John ddechre gwitho fel partner i Ianto Piwji, y dyn wrthododd dderbyn gras o ene'r Ianc yn y dre ryw nos Sadwrn pell yn ôl. Ianto Piwji, y dyn o'dd wedi gwrthod llosgi'r menig bocso. Ianto Piwji, y dyn o'dd yn gwbod llawer gormodd o hanes Wil cyn iddo fe ga'l y 'twtsh'.

Fe a'th y dwarnode cynta yn weddol ddidramgwydd. O'dd John ddim yn neud llawer o ddim ond estyn ambell dwlsyn i Ianto pan fydde hwnnw'n gofyn. A whare teg, fe ddysgws e bwer dim ond wrth gadw llygad ar yr hen golier profiadol yn naddu post naw a taclu coler, twllu'r glo a chanu'r gloch i roi arwydd i'r weindar. A gweud y gwir, alle prentis o golier ddim ca'l gwell athro na Ianto Piwji.

Ond rhyw fore, a'r ddou yn ishte yn 'u cwrcwd i fyta tamed o fwyd, medde Ianto yn syden,

'A smo ti'n mynd yn bregethwr trw'r cwbwl 'te.'

'Nagw.'

'Na, o'n i'n ffilu dyall 'nny 'ed. O'n i'n gweud wrth 'yn hunan, diawsti, os yw'r boi bach 'na yn golygu mynd yn bregethwr bydd gofyn iddo fe ddechre dodi tail yn 'i sgitshe gynted â gall e.'

'Fydde chi'n folon 'y nysgu i shwt ma' bocso, Ifan Jenkins?'

'Eh? . . . O wy' ddim yn gwbod wir . . . Wel fydden i'n ddigon parod o ran 'yn hunan. Ond diawsti, beth wede dy dad? Hwn'na fydde'n 'y mecso i. Wy' ddim yn credu bydde fe'n lico'r peth o gwbwl. Ti'n gwbod cystel â fi fel ma' fe 'da rhyw bethe fel'na.'

'Alle fe ddim gweud lot, fuws e'n bocso 'i hunan, on'd do fe?'

'Do . . . do ti'n itha reit man'na. Diawsti, o'dd e'n un o'r *heavyweights* gore fuws rownd ffor' hyn eriod, cred ti fi. Tr'eni'r diawch bod e 'di hongan 'i fenig pryd 'nath e.'

'Llosgi nhw, medde Mam.'

'Ta beth nath e, 'se fe'n well 'se fe 'di'u cadw nhw. Wy' ddim yn ame na fydde fe 'di neud cinog fach net ma's o'r bocso 'na. Lot mwy na ma' fe'n ga'l wrth slafo yn y twll 'ma ta beth.'

'O'dd e mor dda â 'nny 'te?'

'Grinda, gad fi weud 'thot ti. Wy'n cofio un nosweth yn ffair y Bont, o'dd bocsin bwth 'na tweld, a slabin o ddyn du mawr, rhyw fachan o Affrica, medden nhw. Weles i shwd beth eriod. Corff wedest ti! Gwmws fel talcen tŷ, myn diawsti. A 'na ble o'dd e yn 'yn sialenso ni i fynd miwn i'r ring ato fe. Hanner coron i bwy bynnag fydde'n dala ar 'i dra'd ar ôl tair rownd.'

'Ethoch chi miwn?'

'Fi, myn yffachi! Naddo, gwlei! Cofia, o'dd digon o ishe hanner coron arno i, ond o'n i ddim yn mynd i ga'l hanner 'yn lladd ar 'i gownt e 'run pryd. Fe a'th ambell un wrth gwrs, ond diawsti o'n nhw ma's trw'r rhaffe cyn bod nhw miwn yn iawn. Ond 'ma beth o'n i ishe weud 'thot ti, pwy dda'th hibo ar 'i ffordd sha thre o'r tŷrn prynhawn ond dy dad. A'r peth nesa weles i o'dd yr hen Wil yn tynnu'i grys a'i drwser molscin a miwn â fe trw'r rhaffe a dim byd amdano fe ond 'i ddrafers. A rhwng bod e heb wmolch, diawsti o't ti ddim yn siŵr p'un o'dd dy dad a p'un o'dd y dyn du.'

'Heblaw bod e lot yn fwy na Nhad wrth gwrs.'

22

'O, gyment ddwywaith ag e. O'dd e siŵr o fod yn whech a hanner yn nhra'd 'i 'sane, weden i. Ta beth o 'nny, man canws y gloch fe dda'th ma's o'i gornel yn gwmws fel tarw wedi gweld llien coch . . .'

'Ie . . .?'

'Cwbwl nath Wil o'dd danso ma's o'i ffordd e a rhyw esgus twlu llaw whith. Ti'n dyall?'

'Ie . . .?'

'Symudws y boi ma'r o'r ffordd. Ond os do fe! Fe ga's ddwrn de 'da Wil reit yn 'i focs bara nes bod e'n plygu'n ddou, gwmws fel 'se fe 'di ca'l 'i hollti, myn diawsti.'

'Ie, beth ddigwyddws wedyn . . . ar ôl iddo fe gwni lan?'

'Cwni lan myn yffach i! Bachan, bachan, fuws e'n gorwedd fan'ny am bum muned solid yn ffilu cyffro. O'dd e 'di mynd yn welw reit, gwmws fel y galchen, w.'

'O'n i'n meddwl i chi weud taw dyn du o'dd e.'

'Ie wel 'na fe tweld . . . 'na ddangos i ti, o'dd dy dad ddim bachan i whare ag e, nago'dd e.'

'Ga's Nhad yr hanner coron?'

'Do yn diwedd, ar ôl i ni helpu'r boi i godi a ga'l e i ddod rownd. A ga's Wil ddigon o help i hala fe 'ed— yn yr Hope an' Anchor os wy'n cofio'n iawn.'

'Fydda i byth yn *heavyweight* 'run peth â fe.'

'Na, fydd gofyn i ti yfed sawl basned o gawl cyn dod i sgitshe dy dad, ma' arno i ofon.'

'Chi'n meddwl falle 'nelen i *lightweight*?'

'O, sdim byd yn rong acha bod yn *lightweight*. Un bach o'dd Jimmy Wilde, ontefe. Coese fel co'd cidnabêns a breiche fel matshus. Diawsti, o'dd mwy o gig acha *chain* beic w. A dishgwl di beth nath hwnnw ohoni.'

'Rhwbeth tebyg i'r seis 'na odw i 'ed.'

'Dere 'ma, tro rownd i fi ga'l pip fach arnot ti.' A dyma Ianto yn dechre edrych John lan a lawr yng ngole'r lamp golier a'i drafod e a'i swmpo fe, yn gwmws fel 'se fe'n barnu hwrdd yn y Royal Welsh.

'Ie, wy'n credu bod ti'n iawn. *Lightweight* wyt ti, sdim dou ambythdu 'nny.'

A'r nosweth honno pan o'dd Wil Hwnco Manco yn pwlffacan gyda'r Delyn Aur yn y cwrdd wthnos, mi o'dd y mab yn shed Ianto Piwji ar dop yr ardd yn ca'l 'i wers gynta yn yr hen grefft o amddiffyn yr hunan.

'Diawsti, boi, ti'n siapo'n itha da whare teg i ti. Wy' ddim yn credu llai na 'nei di *lightweight* bach digon da ond i ti ddal ati. 'Nei di lot yn well gyda'r busnes 'ma na 'nelet ti o'r jobyn pregethwr 'na. Sdim lot o alw am bregethwrs *lightweight*, tweld. Na, ma' gofyn bod ti'n dipyn o *heavyweight* i ddod mla'n yn y job 'na ne' ar ôl byddi di, ontefe.'

A gyda help cynghorion o'r fath ac wythnose o hyfforddi o dan law Ianto, fe a'th John i gwrdd â'i wrthwynebydd cynta yn y *junior championship* miwn pabell ym mharc y dre. Mae'n wir iddo fe ddod sha thre â dou lygad du, ond do'dd dim gwanieth am 'nny achos fe o'dd wedi ca'l y ruban coch 'ed.

Nath Wil fawr o sylw o'r llyged nag o'r ruban chwaith o ran 'nny. Cwbwl nath e o'dd ysgwyd 'i ben miwn tristwch.

'Dyw e ddim yn iawn,' mynte Wil. 'Ddim yn iawn o gwbwl. Fe roies i enw pregethwr i ti, a dyma ti, shgwl a ti, dishgwl fel wyt ti 'di troi ma's. Wy' ddim yn gweud 'mod i'n gwbod yn gwmws ble ma' Geneva, ond ta ble ma' fe wy'n siŵr bod John Calfin yn troi yn 'i fedd draw 'na. Wy'n mynd sha'r gwely a rhyngot ti a dy gawl.'

Dranno'th yn y gwaith fe adroddws John yr hanes wrth Ianto Piwji.

'Na, ma' dy dad yn itha reit, dyw enw fel'na ddim yn siwto bocswr. Na, bydd rhaid i ni feddwl am rwbeth arall i ti . . . Sa di am bach nawr, beth allet ti alw dy hunan, gwed ti?'

A chyn dod lan o'r pwll y dwarnod hwnnw mi o'dd John Calfin Williams hefyd wedi llosgi'i fenig bocso. Wel, miwn ffordd o siarad ta beth, achos o hynny mla'n seren newydd y sgwâr bocso yn Felin-y-Pandy o'dd y GENEVA KID!

2 Codi Cwningen

Drannoeth y Nadolig o'dd hi, bore bach digon sharp a thipyn o lwydrew ar lawr a Ianto Piwji yn dechre'i ffordd i fynd am wâc fach lan i'r mynydd i 'mestyn 'i goese wedi diogi yr ŵyl.

'Diawsti,' mynte Ianto gan siarad â fe'i hunan. 'Dwarnod bach net i godi sgwarnog.' A fydde dim byd yn well gyda fe acha bore fel hyn na cha'l crwydro'r mynydd a milgi wrth 'i sodle a joien o faco dan 'i dafod, a Wil Hwnco Manco gyda'i ddryll ar 'i ysgwydd a'i sbaniel yn raso drwy'r perthi fel peth dwl. Dyna o'dd y drefen 'slawer dydd a mi fydde Ianto yn mwynhau y dwarnod hwnnw yn fwy na dydd Nadolig hyd yn o'd. Ond dyna fe, 'slawer dydd o'dd hynny, cyn i Wil ga'l y 'twtsh' wrth yr Ianc yn y dre a throi yn erbyn hela. A cyn i Ianto briodi Elsi wrth gwrs.

'Fi ne'r milgi yw hi i fod.' Dyna o'dd un o amode'r briodas, a'r bore yma do'dd Ianto ddim yn siŵr iawn a o'dd e wedi neud y penderfyniad iawn. Yr unig gwmni o'dd gyda fe heddi o'dd 'i ffon, ac ar ôl 'i dad-yng-nghyfreth o'dd e wedi ca'l honno.

'A paid dod sha thre heb y ffon, cofia taw ar ôl Nhad gest ti hi.'

'A 'na bythdu'r unig beth geso i ar 'i ôl e,' mynte Ianto o dan 'i ana'l. Ond chlywodd Elsi ddim, achos erbyn hyn mi o'dd Ianto'n brasgamu'i ffordd lan y tyle ac yn anelu am heddwch y mynydd.

O'dd Ianto'n ffilu'n deg â dyall beth o'dd 'da Elsi yn erbyn cŵn a fe fuws 'na lot fawr o brotesto cyn iddo fe ildo a gwaredu'r milgi.

'Ond, Elsi fach, ma' ci yn gwmpni, w.'

'Pam, smo fi'n gwmpni i ti 'te? Dyw e ddim yn gweud lot amdano i os o's rhaid i ti ga'l ci i siarad ag e.'

'Na, na, nid 'na beth sda fi. Ti ddim yn dyall. Beth wy'n drio weud yw . . . wel, dyw cartre ddim yn gartre heb gi, nag yw e. Fel'na wy'n 'i gweld hi ta beth.'

'Wel, nid fel'na odw i'n 'i gweld hi. Wy' i ddim yn mynd i slafo fan hyn yn golchi llorie a pholisho dim ond i ga'l rhyw hen gŵn a'u tra'd yn slapan ambythdu'r lle, 'na fi'n gweud 'thot ti nawr. A pheth arall, ma' hen ddrewdod 'da nhw, yn enwedig yr hen filgwn 'na. Wy' ddim yn dyall beth yw'r holl ddiléit 'ma sy 'da ti, ti a dy gŵn.'

A diléit Elsi o'dd glanhau. Glanhau'r tŷ. O'dd hi'n mynd trw'r lle o'r top i'r gwilod bob dydd. A wedi iddi gwpla mi fydde hi'n mynd rownd 'to i neud siŵr nad o'dd hi ddim wedi gadel ôl bysedd ar yr ornaments, cymhwyso'r celfi rhag ofon bod rhyw gader fodfedd ne' ddwy ma's o le ac edrych ar y ffenestri bob hanner awr jest rhag ofon y bydde deryn wedi neud 'i fusnes wrth hedfan hibo.

Ar 'i ffordd i'r mynydd mi o'dd yn rhaid i Ianto fynd hibo drws ffrynt 'i hen bartner, Wil Hwnco Manco. Wy' ddim yn gwbod beth dda'th drosto fe— walle iddo fe ga'l pwl o hirath am yr hen ddyddie ac i hwnnw fynd yn drech nag e. Ta beth, pan o'dd e ar dop Hewl y Mynydd dyma fe'n troi 'nôl a rhoi cnoc ar ddrws nymbar ffôr.

'Diawsti, Wil, gwed 'tho i, sdim whant dod am wâc fach arnot ti, sbo?'

'Wâc? Wy' ddim yn gwbod wir, dibynnu beth wyt ti'n feddwl wrth wâc.' A fe edrychodd Wil yn ddigon amheus ar 'i hen bartner, achos fel arfedd unig ystyr wâc i Ianto o'dd siwrne fach lawr sha'r Hope an' Anchor i wlychu'i big, os gwedws e.

'Wel wy' ddim yn gwbod, meddwl mynd lan sha'r mynydd o'n i. O's whant dod arnot ti?'

'O, os taw fel'na ma' hi, dwa, mi ddwa i. Allen i neud y tro â thamed o awyr iach.' A gafaelodd Wil yn 'i gap a'i got o'r bachyn yn y pasej a galw ar 'i wraig,

'Sara! Wy'n mynd am wâc fach 'da Ifan. Sdim ots 'da ti, o's e?'

'Cer, naiff e les i ti, a cer â Pedro 'da ti. Ma' ishe awyr iach arno fe 'ed. Dyw e 'di neud dim ond gorweddan ers dwarnode.'

Mwngrel bach o'dd Pedro a Wil wedi'i achub e o gartre cŵn wedi iddo fe golli'r sbaniel.

'Wy' ddim ishe ci hela, cofiwch, rhag ofon i fi ga'l 'y nhemtio,' medde Wil wrth y dyn o'dd yn gofalu am y cartre cŵn. 'Ma' 'nyddie hela i ar ben—ond os caf fi gi â gwa'd hela ynddo fe walle bydde'r demtasiwn yn rhy gryf i fi.'

'Wy' ddim yn credu cewch chi lot o drafferth 'da hwn. 'Se hwn yn digwydd gweld cwningen wy' ddim yn credu llai na ca'l ofon nele fe a rhideg bant.'

'O, 'na fe 'te, naiff e'r tro yn iawn i fi.'

A miwn â'r hen gi bach o dan 'i got fawr nesa at 'i grys gwlanen i ga'l 'i gadw fe'n dwym.

A whare teg i Sara, mi o'dd hi wedi dwlu ar yr hen gi bach o'r muned gwelws hi fe.

'O's enw iddo fe?'

'Na, wy' ddim 'di dod rownd i 'nna 'to.'

'Pero. Allwn ni alw fe'n Pero. Beth ti'n weud?'

'Wy' ddim yn gwbod. O'n i wedi meddwl am rwbeth . . . wel rhwbeth mwy Beiblaidd, os ti'n dyall beth sda fi.'

'Beth ti'n feddwl? Enw o'r Beibl? A ble ti'n mynd i ffindo enw ci yn y Beibl, gwed ti! Os nag yw dy Feibl di'n wahanol i un pawb arall, ontefe.'

'Dere nawr, sdim rhaid iddo fe fod yn enw acha ci, o's e. Meddwl o'n i am rwbeth fel . . . wel rhwbeth fel Pedr walle.'

'Mawredd annwl, glywes i shwd beth! Pwy alw Pedr acha ci wyt ti?'

'Wel, mi o'dd e'n un o'r disgyblion, on'd o'dd e?'

'Co ni off 'to. Shgwl, wnest ti ddigon o annibendod yn rhoi enw'r pregethwr 'na ar John 'slawer dydd. Beth sy'n bod arnot ti? Paid gweud bod ti'n golygu neud pregethwr o'r ci, o's bosib.'

Ac wedi hir ddadle rhwng Pero a Pedr, fe gafwyd cyfaddawd. A fel'na, rhwng Wil a Sara, y bedyddiwyd y newydd-ddyfodiad bach yn Pedro. Ac os gwedws Sara, ''Na fe, os taw mwngrel yw e, man a man iddo fe ga'l mwngrel o enw, sbo.'

Ro'dd hyn i gyd wedi digwydd adeg Nadolig y flwyddyn gynt, a nawr mi o'dd Pedro yn flwydd o'd ac yn ca'l 'i wâc gynta i'r mynydd.

'Diawsti, Wil, ti'n fachan lwcus y diawch. Fydden i'n folon rhoi'r byd am ga'l ci bach wrth 'yn sodle. Wy'n twmlo bod rhwbeth ar goll yn 'y mywyd i ryw siape. Ti'n dyall beth sda fi? Ond 'na fe, dim iws meddwl am 'nny achos ti'n gwbod yn iawn shwd ma' Elsi ni ambythdu gŵn.'

'Odw, yn net.'

'A ti'n gwbod amdano i, wy'n dwlu acha creadur. Wedi bod eriod.'

'Wel, allet ti wastod fynd miwn am gath, tweld.'

'Cath, myn diawsti! Beth 'nelen i â chath? Alli di ddim mynd â cath am wâc, w. A pheth arall, ma' Elsi ni'n alerjic i gathod. Dim iws i un ddod o fiwn milltir iddi. Dechre twshan ar unweth a torri ma's yn rash i gyd.'

Erbyn hyn mi o'dd y drindod ma's ar y mynydd agored a thra o'dd y dynion yn athronyddu ynghylch y berthynas rhwng mishtir a'i gi, mi o'dd Pedro wrthi yn rhideg 'nôl a mla'n o un twmpath brwyn i'r llall. Feddyliodd Wil ddim mwy na bod y creadur bach wedi dwlu ca'l bod ma's yn yr awyr iach ac yn falch i ga'l 'i dra'd yn rhydd. Ond yn syden reit dyma ddwy gyfarthiad fach siarp, 'Iap, iap!', a chwningen fach yn codi o'r brwyn rhyw lathen o fla'n trwyn Pedro. A dyma gwrso!

'Hys! Hys, Pedro! Ar 'i hôl hi, was!' gwaeddodd Ianto fel dyn wedi colli ar 'i hunan.

'Pedro! Dere 'nôl! Pedro!' gwaeddodd Wil yr un mor da'r.

'O! Pwy ddishgwl 'nôl wyt ti! Cer, w. Cer, y ci dwl!'
'Ianto! Gad e fod! Pedro! Dere 'ma, sa miwn, w!'

Ddalwyd mo'r gwningen. A sdim lot o ryfedd achos o'dd Pedro druan ddim yn gwbod lle yn y byd o'dd e rhwng bod Wil yn gweiddi un peth a Ianto'n gweiddi peth arall. A whare teg i Pedro, fydde peth fel'na yn ddigon â drysu'r ci hela gore yn y wlad.

'Damo! . . . Sori Wil . . . Diawsti, 'se milgi 'da fi nawr fydde'r wningen 'na'n gawl erbyn fory.'

'Wy' ddim yn dyall. Wy' ddim yn dyall y peth o gwbwl,' mynte Wil, ag o'dd e'n dishgwl yn gwmws fel dyn wedi colli pae pythewnos. 'Wedws y bachan yn y cartre cŵn nag o'dd dim diferyn o wa'd hela yndo fe. Rideg bant naiff e os gweliff e wningen, dyna wedws e.'

'Ta pwy wedws 'na wrthot ti do'dd 'da fe ddim llygad am gi, ma' 'nna'n saff i ti.'

Fe fuws Wil yn itha diwedws trw'r prynhawn a

gweud y gwir. Ffilu dod dros y siom o feddwl bod Pedro bach wedi troi ma's yn bechadur mor fawr. Ond beth o'dd yn ddirgelwch i Ianto o'dd shwt alle dyn o'dd yn erbyn hela fod yn berchen ci mor addawol.

'Wy'n gweud 'thot ti, ma'r peth yn wastraff, w. Gyda fi ddyle'r ci 'na fod. A meddylia, 'sen i 'di priodi Sara yn lle Elsi, 'da fi bydde fe wedyn, ontefe. Ond yn lle 'nny, shgwl a fi, wy' ddim yn ca'l dod â cwningen i'r tŷ heb sôn am gi. Smo'r peth yn neud sens ody fe?'

A meddyliodd Wil am un funed y bydde'i hen bartner yn barod i roi'i wraig yn gyfnewid am gi hela! Ond fe fuws e'n ddigon call i bido plannu syniade fel'na ym mhen Ianto. O'dd 'da Wil well syniad o lawer.

'Wy' wedi'i gweld hi,' mynte Wil, a'i wyneb yn gloywi yn gwmws fel dyn wedi datrys y broblem fwya fuws yn poeni dynoliaeth ers dyddie'r Creu.

'Gweld beth?'

'Cwningen, w!'

'Eh? Yn ble . . . ble ti'n 'i gweld hi?' gofynnodd Ianto gan edrych draw i'r mynydd a'i lyged fel llyged dyn gwyllt.

'Na, na, ti wedws cwningen, ontefe.'

'Do fe?'

'Smo ti'n gweld? Dyna dy ateb di, bachan. Os na chei di gadw ci ne' gath, sdim byd yn dy stopo di i gadw cwningen, nago's e.'

'Gan bwyll am bach nawr, gwed 'na 'to,' medde Ianto a golwg ddigon dryslyd ar 'i wyneb e erbyn hyn.

'Smo ti'n dyall? Fydde dim rhaid i honno ddod i'r tŷ, tweld. Cwbwl fydde ishe yw cwb ar dop yr ardd. Fydde Elsi yn ddigon bolon i 'nna, o's bosib.'

'Beth ti'n feddwl? Magu cwningod i fyta, ife?'

'Nage, nage. Pet bach, w.'

Edrychodd Ianto ar 'i gyfaill gyda'r olwg fach od 'na o'dd yn rhyw led awgrymu 'i fod e'n credu fod Wil yn dechre colli arni. Os o'dd dyn yn siarad rhyw ddwli fel'na o'dd e siŵr o fod wedi ca'l twtsh o rwbeth heblaw crefydd. Falle bod 'i wres e lan. Na, alle hynny ddim bod, ddim ar ddwarnod mor o'r â heddi ta beth.

'O's rhwbeth wedi citsho yndo ti, Wil? Nawr grinda 'ma, smo i 'di neud dim byd â cwningod eriod, dim ond 'u dala nhw a'u plingo nhw a'u byta nhw!'

'Dyna beth wy'n weud wrthot ti. Mae'n bryd i ti ddechre meddwl fel arall, on'd yw hi. Ma' cwningod yn gre'duried bach diddorol iawn pan bod ti'n 'styried y peth. Wy'n gwbod am rai sy'n hala orie dim ond yn edrych arnyn nhw a siarad â nhw.'

'Gan bwyll am bach nawr, Wil. Beth ddiain ti'n meddwl fydde 'da fi weud wrth wningen, meddet ti?'

'Dyna'r peth, ontefe. Gei di weud beth fynnot ti wrth wningen.'

'Wahanol i fenyw, 'te.'

'A naiff 'i ddim o dy ateb di 'nôl. Ti'n saff o'r gair ola bob tro 'da cwningen, tweld.'

'Diawsti, falle bod rhwbeth gyda ti fan'na.' Ac am un eiliad, trwy lygad 'i ddychymyg, gwelodd Ianto ddarlun o Elsi y tu ôl i weiar netin y cwtsh a'i dannedd bla'n yn mynd lan a lawr fel y meil wrth iddi fanshach 'i chorn fflêcs fel 'se hi ddim 'di gweld bwyd eriod.

Chysgws Ianto ddim llygedyn y nosweth honno a mi o'dd John Calfin wedi sylwi 'i fod e'n ddigon diwedws yn y gwaith fore tranno'th.

'Nhad yn gweud walle bod whant cadw cwningen arnoch chi, Ifan Jenkins,' mynte'r Geneva Kid i geisio torri ar y distawrwydd.

'Falle 'nny.'

'Well na milgi. A llai o gost 'ed.'

'Grinda, gw' boi. 'Set ti wedi nabod Llycheden Fflash fyddet ti ddim yn siarad fel'na.'

'Pwy?'

'Llycheden Fflash, ontefe! Milgi gore fuws 'da fi eriod. Ond 'na fe, ti'n rhy ifanc i gofio hwnnw fel ma' gwitha'r modd.'

'O ie, swno'n fachan ffast wrth 'i enw fe.'

'Ffast wedest ti! Gad i fi weud 'thot ti, weles i hwn'na'n cwrso sgwarnog a mynd hibo iddi yn gwmws fel 'se hi ddim yn symud. Ac ar ôl mynd hibo iddi, 'ma fe'n troi rownd a dod sha 'nôl i gwrdda hi â'i ben lawr a'i dala hi slap yn 'i thalcen nes bod hi'n farw gelen. Nawr 'te, beth ti'n feddwl o rwbeth fel'na?'

'Ce'wch o 'ma!'

'Ma' fe mor wired i ti â bod y mandrel 'ma yn 'yn llaw i. A cofia, nid dim ond sbid o'dd 'dag e. O na, o'dd lot lan lloft 'da Llycheden Fflash. *Intelligence*, tweld. Ti'n dyall? *Intelligence*.'

'Ifan Jenkins, odych chi'n credu bod ened i ga'l 'da ci?'

'Eh? Beth ti'n wilia, bachan?'

'Chi'n gwbod, ody cŵn 'run peth â dynion? O's ened 'da nhw 'run peth â ni?'

'Alla i ddim gweud 'thot ti. Well i ti ofyn i dy dad. Fe sy'n dyall pethe fel'na, fe a Jones gweinidog. Ond weda i gyment â hyn 'thot ti am Llycheden Fflash, o'dd e mor gall allet ti ddim llai na cha'l y twmlad bod e wedi bod yn y byd 'ma o'r bla'n ryw siape.'

'A walle daw e 'nôl 'to. Hynny yw, os o's ened i ga'l 'da fe.'

'Ie, fydden inne'n lico meddwl 'nny 'ed.'

'Os o's ened 'da ci ma' siŵr o fod un 'da cwningen wedyn 'te. 'Run peth yw e, ontefe.'

'Eh? Paid siarad mor ddwl, w. Alli di ddim dodi ened miwn sosban gawl 'achan . . . Dere, well i ni gwpla llanw'r ddram 'ma ne' fydd hi'n amser mynd sha thre cyn bod ni'n troi.'

A fe gydiodd Ianto yn 'i raw i ddangos fod y drafodaeth ynglŷn â bywyd tragwyddol cŵn a chwningod wedi dod i ben.

*   *   *

Byth oddi ar 'i dröedigeth do'dd Wil Hwnco Manco eriod wedi cario dim byd na ddyle fe sha thre o'r gwaith. Dim tamed o bren cynnu tân hyd yn o'd. Ro'dd y peth yn fater o egwyddor, medde fe. Ond mi o'dd yna fater arall wedi codi nawr, a mi o'dd hynny'n beth gwahanol. Ymhen wthnos, rhyngto fe a John y mab, mi o'dd dou ne' dri plancyn a bwndel o hoelon cam a rhyw dacle fel'ny—eiddo cyfreithlon Evans Bevan, perchen gwaith y Graig Ddu—wedi ffindo'u fforrd yn anghyfreithlon i'r shed ar dop yr ardd yn nymbar ffôr Hewl y Mynydd.

'Be sy mla'n 'da chi'ch dou lan sha'r shed 'na?' holodd Sara gan edrych yn amheus ar y gŵr a'r mab.

Edrychodd Wil i lygad 'i fasin cawl er mwyn osgoi llyged 'i wraig.

'Dim. Dim byd,' atebodd y mab, gan weud celwydd yn gwmws fel 'se fe'n gweud y gwir.

'Ma' rhwbeth mla'n 'da chi, ta beth yw e. Chi fan hyn ers noswithe, ma' shwd gyment o hast arnoch chi fynd lan sha'r shed 'na, y'ch chi'n llyncu'ch bwyd heb 'i gnoi e, fel dwy fuwch yn gwmws. A beth yw'r sŵn llifio a pwno wy'n glywed? Be sy mla'n 'da chi?'

'Wel, ma' hi fel hyn, tweld,' atebodd Wil. 'Y'n ni ddim ishe i neb wbod . . . ddim 'to, ta beth. Ond paid gofidio, ti fydd y cynta i ga'l gwbod . . . man byddwn ni 'di cwpla.'

'O ie, a pryd bydd 'nny, meddet ti? Wy' inne'n byw yn y tŷ 'ma 'ed rhag ofon bod chi'ch dou wedi anghofio, ontefe.'

'Amynedd nawr, Sara fach. Dal di ma's 'sbod nos yfory a gei di wbod y cwbwl. Wir i ti nawr.'

Pan dda'th nos yfory, ymhell wedi iddi dywyllu ac wedi neud yn siŵr fod Pedro wedi'i gau miwn yn saff yn y gegin fach a bod Ianto Piwji ac Elsi wedi mynd i'r gwely a diffodd y gole, mi o'dd Wil a John yn cario cwb cwningen o wneuthuriad coed a hoelon y Graig Ddu, ma's o'r shed a lawr hyd yr hewl gefen a'i sod e'n deidi rhwng y twlc mochyn a'r tŷ bach ar dop gardd nymbar twelf.

Y tu ôl iddyn nhw mi o'dd Sara'n cario bocs cardbord, mor ofalus â beth 'se'r *crown jewels* yn 'i dwylo. Yna, dyma dynnu cwningen o'r bocs, yn gwmws fel 'se hi'n 'i thynnu hi ma's o het. Cwningen fawr wen, y clana welws neb eriod. A wedi'i cha'l hi i'r cwb a chau arni hi'n saff, dyma'r drindod yn cilo 'nôl i nymbar ffôr Hewl y Mynydd mor dawel a mor slei â fel dethon nhw.

O dipyn i beth, wedi dod dros y sioc a cha'l esboniad ar y dirgelwch ar dop yr ardd, mi o'dd hi'n dod yn amlwg fod Ianto wedi cymryd at yr ychwan-egiad i'w deulu yn fawr iawn.

'Beth ma' Elsi'n weud yw'r cwestiwn,' gofynnodd Wil gan ofni'r ateb.

'Diawsti, boi. Ma' Elsi wedi dwlu yn fwy na fi os rhwbeth. Ond bod hi ddim yn lico dangos 'nny, ontefe.'

'O, a shwt ti'n gwbod 'te os nag yw hi'n dangos?'

'Wel, ma' hi fel hyn, tweld. Ti'n gwbod ble ma'r cnotyn winwns 'da fi, on'd wyt ti?'

'Ar dop yr ardd.'

'Dyna ti, ar bwys y cwb.'

'Paid gweud 'tho i fod y wningen yn byta dy winwns di.'

'Paid wilia mor ddwl, bachan. Gweud odw i na fuws y cnotyn winwns eriod mor lân.'

'Ma' hi *yn* 'u byta nhw 'te!'

'Na, na. Smo ti'n dyall? Elsi sy'n 'whynnu fe bob dydd, w.'

'O, a 'ddar pryd ma' hi'n dileito yn yr ardd, meddet ti?'

'Ie, 'na beth ofynnes inne 'ed. Ond fues i ddim yn hir cyn dyall. Esgus yw'r cwbwl i ga'l sgwrs fach â Gwen, ti'n gweld.'

'Gwen?'

'Yr wningen, w. Elsi 'di dwlu arni, on'd yw hi.'

'Wy'n falch i glywed.'

'Cymer di pwy ddwarnod 'ma nawr. Brynes i wningen 'da Tomos y bwtshwr. A gweud y gwir 'thot ti o'dd e'n dân ar 'y nghro'n i gorffod talu amdani 'ddi. Ta beth o 'nny, 'ma fi'n dod â hi sha thre i Elsi—ma' hi'n gamster ar neud cawl cwningen fel ti'n gwbod. Ond diawsti, ballws hi'n deg â'i thwtsha hi. "A beth ti'n dishgwl i fi neud?" mynte hi fel'na. "Ddishgwla i ddim acha cawl cwningen 'to, dim byth." A diawsti, gorffod i fi fynd â hi 'nôl at Tomos y bwtshwr. A gwa'th na'r cwbwl, ballws hwnnw roi'r arian 'nôl i fi.'

36

Ac o dipyn i beth fe gollws Ianto'i hunan bob archwaeth at gawl cwningen 'ed a fuws dim rhagor o sôn fod e'n hiraethu am Llycheden Fflash chwaith. A mi o'dd Wil Hwnco Manco yn canmol 'i hunan am iddo fe gymryd cam gweddol fawr tuag at achub hen botshar o gyfeiliorni ei ffyrdd.

Ond cyn bo hir mi fydde Wil yn ffindo ma's fod hwn yn gam llawer mwy na beth o'dd e wedi'i feddwl.

Rhyw hen brynhawn tywyll sha dechre'r gaea o'dd hi a Sara, gwraig Wil, newydd gwpla clirio'r llestri ar ôl cinio gwaith. Ro'dd Wil wedi bod yn y twba ac yn pendwmpan wrth y tân yn 'i ddillad glân a John lan llofft yn symud 'i gluste 'nôl ar gownt mynd lawr i'r gym. Syden reit fe glywson nhw sŵn crafu wrth ddrws y cefen a sŵn arall yn gwmws fel plentyn bach yn llefen.

'Dere, Wil. Dihuna! Cer i weld be sy'n bod ar y ci 'na!' medde hi Sara gan ysgwyd Wil wrth 'i ysgwydd.

A'th Wil i'r drws yn hanner cysgu. Ond fuws e ddim yn hir yn dod at 'i hunan.

'Sa . . . Sa . . . Sara!'

'Be sy arnot ti, ddyn?'

Ond alle Wil weud dim byd, dim ond pwynto â'i fys.

A dyna lle'r o'dd Pedro yn sefyll ar garreg y drws yn ysgwyd 'i gwt ac yn edrych lan ar y ddou fel 'se fe'n gweud, 'Beth chi'n feddwl o 'nna 'te?' A rhwng 'i dra'd bla'n ro'dd 'na wningen fawr a honno mor farw â hoelen! Ro'dd hi'n amlwg fod 'na sgarmes hir a chaled wedi bod cyn i Pedro ga'l y llaw drecha arni, achos mi o'dd y ci a'r wningen druan yn llacs drostyn nhw i gyd. Ond llacs ne' bido, o'dd dim ishe gormod o ole i weld taw nid cwningen gyffredin mohoni.

Ro'dd Gwen, eilun Ianto ac Elsi, yn gelen ar garreg drws cefen nymbar ffôr Hewl y Mynydd. A Pedro o'dd y llofrudd!

'Gan bwyll am bach nawr,' mynte John wedi i'r cyffro dawelu damed. 'Sdim iws gwylltu, bydd rhaid i ni feddwl beth sy ore i neud.'

'Neud?' A mi o'dd llaish Wil wedi codi fel soprano. 'Neud? Beth allwn ni neud? Allwn ni ddim dod â hi 'nôl o farw'n fyw allwn ni!'

'O diar.' A mi o'dd Sara'n agos i ddagre. 'Fydde ddim gwell i ni ofyn i Mr Jones gweinidog, gwedwch?'

'Bydd dawel, Sara, a paid cellwer. Weden i fod amser cellwer wedi hen fynd hibo.'

'Wy'n gwbod.' A mi o'dd John yn edrych ac yn swno fel bod gyda fe'r ateb o'dd yn mynd i godi'r baich oddi ar ysgwydde'i rieni gofidus. 'Mam, cerwch i ercyd y twba!'

'Beth sy arnot ti, grwt? Ma'r wningen yn ddigon marw fel ma' hi heb i ti fynd iddi'i boddi hi 'to!'

'I golchi hi, w!'

'Eh?'

''Sen ni'n 'i golchi hi'n lân a'i dodi hi 'nôl yn y cwb fydde Ianto ddim callach na fydde fe. Fydde fe ddim yn gwbod llai na trigo nath hi. Chi'n gwbod, *natural causes*, ontefe.' A chyn bod e 'di cwpla gweud mi o'dd Sara ar 'i ffordd ma's i'r cefen i moyn y twba wmolch 'nôl i'r gegin.

'Glywes i ddim shwd ddwli eriod. Sara, dere 'nôl fan hyn. Ar unweth! Smo chi'n ca'l whare tric fel'na ar Ianto 'na fi'n gweud 'thoch chi nawr. Twyll yw shwd beth â 'nna. Na, wy' wedi penderfynu, bydd rhaid iddo fe ga'l gwbod yn gwmws shwd buws pethe. A sdim 'nôl ag ymla'n i fod ambythdu fe. Ti'n dyall 'na, John Calfin?'

'O odw, wy'n dyall yn iawn. Ond gobitho byddwch chi'n dyall 'ed.'

'Wy'n dyall digon i wbod y gwanieth rhwng celwydd a'r gwir, a 'na gyd ambythdu fe.'

''Na fe 'te, gwedwch chi'r gwir os chi'n moyn, ond pidwch chi â beio neb arall pan fyddwch chi'n gorffod dodi Pedro bach i gysgu.'

Wedws Wil ddim un gair. Ond yn syden reit mi o'dd e wedi mynd yr un lliw â llien ford dydd Sul. O'dd e ishws yn gweld 'i hunan yn mynd â'r pŵr dab bach at y fet a dod sha thre heb ddim ond coler lleder Pedro yn 'i law.

'Dyna ma'n nhw'n neud â cŵn sy'n lladd ffowls, ontefe,' ychwanegodd John i roi mwy o halen ar y briw.

'Ie . . . ie, ond nid ffowlyn yw hwn, nage fe,' atebodd Wil i geisio cyfiawnhau ei hunan.

'Na, wy'n gwbod. Cwningen ddof yw hi. Pet y teulu. A ma' hynny'n wa'th byth, on'd yw e? Nawr 'te, Mam, odych chi'n mynd i ercyd y twba 'na?'

'Sara, sa man lle'r wyt ti,' medde Wil yn siarp reit. 'Gad ti'r twba 'na man lle ma' fe. John Calfin . . . 'ma ti, 'ma whigen i ti.' A fe estynnws Wil bapur whigen o'r bocs ar y silff ben tân. 'Cer lawr i'r *pet shop* a pryna wningen wen. A gofala bod ti'n dod â un mor debyg byth â elli di i'r creadur sy 'da ni fan hyn.'

'Eh? Beth? Smo chi'n mynd i . . .'

'Pam, o's 'da ti rwbeth yn erbyn?'

'Ond ma' hwnnw'n wa'th o lawer, w . . . Smo chi'n gweld? Ma' 'nna'n fwy o dwyll byth.'

'G'na beth wy'n weud 'thot ti a phaid dadle. 'Ma ti, papur whigen, a gofala ddod 'nôl â'r newid 'ed.'

Yn hwyr y nosweth honno mi o'dd y bocs cardbord ar 'i ffordd i'r cwb yn nymbar twelf unwaith yn rhagor, a chyn i neb wbod mi o'dd Gwen yr ail yn gyffwrddus yn 'i chartre bach newydd rhwng y twlc a'r tŷ bach.

Am bump o'r gloch fore trannoeth ro'dd Wil yn y gegin yn llyncu tamed o frecwast cyn mynd am y tŷrn bore. Fe dda'th cnoc ar y drws a chyn i neb ga'l cyfle i agor dyma Ianto Piwji yn rhuthro i'r gegin yn 'i ddrafers a golwg arno fe fel dyn wedi gweld drychioleth.

'Ma' rhwbeth . . . ma' rhwbeth . . . wy' ddim yn gwbod . . . Wil, ma' rhwbeth . . .'

'Wel gwed 'te, bachan. Be sy'n bod? Ody Elsi'n olreit?'

'Ody . . . Nagyw . . . Ti'n gweld . . . Wel o'n i ddim yn lico gweud 'thot ti achos taw ti o'dd wedi'i rhoi 'ddi i ni . . . O'dd ofon arno i bydde ti'n meddwl bo' fi wedi bod yn 'sgilus ohoni 'ddi . . .'

'Gan bwyll nawr, Ianto. Wy' ddim yn credu am funed byddet ti'n 'sgilus o Elsi . . .'

'Na, nage Elsi, Gwen wy'n wilia ambythdu. Ma' hi yn y cwb. Weles i hi gynne pan etho i lan i'r tŷ bach i agor 'y nhrwser. 'Na ble o'dd hi'n joio'i bwyd a'i hen drwyn bach hi'n mynd lan a lawr mor glou ag eriod.'

'O, 'na ti 'te, arwdd bod hi'n iach, ta beth,' medde Wil gan dwlu llygad slei ar Sara.

'Ie, ond wyt ti ddim yn dyall, fuws Gwen fach farw echdo. Geso i hi'n y cwb. Stiff fel pocer. A fe gladdes i 'ddi yn yr ardd a smo Elsi 'di stopo llefen byth odd'ar 'nny.'

Fe dagws Wil acha pishin o grofen cig mochyn nes bod 'i wyneb e'n ddu las. Gollyngodd Sara deboted o de i gwmpo i'r tân nes bo'r gegin yn steiff i gyd. Fe ddath John Calfin lawr o'r llofft i weld beth o'dd mla'n. Ond cwbwl welodd e o'dd Ianto Piwji yn 'i

40

ddrafers ar genol llawr y gegin yn gwmws fel rhwbeth wedi drysu ac yn boddran rhyw ddwli a gweud bod John yn itha reit a bod e'n credu popeth wedws e ambythdu bod ened 'da cwningod a bod nhw'n dod 'nôl i'r byd ar ôl marw a phethe. A mwy na 'nny, o'dd e'n gofyn alle fe ga'l dod i'r cwrdd dydd Sul nesa a plîs alle fe ga'l ishte ar bwys Wil.

Fe a'th Wil ma's i drio carthu'r grofen cig mochyn o'i lwnc. O ie, a fe rows e beth o'dd ar ôl o'i fwyd i Pedro. Ac o'dd hwnnw'n ffilu dyall pam o'dd e wedi ca'l 'i dwlu ma's i gysgu yn y shed a fynte wedi dod â cwningen iddyn nhw i swper. O'dd yr hen Bedro siŵr o fod yn gweud wrtho fe'i hunan, 'Ond 'na fe, beth sy i ddishgwl? Hen bethe di-ened fel'na yw pobol trw'r cwbwl.'

3 Baich Bach Bethania

Prynhawn dydd Gwener o'dd hi, dwarnod pae, a glowyr y Graig Ddu newydd ddod lan i'r wyneb. Fel arfer fydde dim llawer o hast ar Wil Hwnco Manco i fynd i ercyd y pecyn pae. O'dd 'na ryw foneddigeiddrwydd fel'na yn perthyn iddo fe—gadel i bawb arall fynd gynta. Ond heddi mi o'dd e gyda'r cynta yn y ciw. Rhoddodd ei law miwn trwy ffenest fach yr offis a chydio yn y pecyn pae o law y clarc yn gwmws fel 'se fe eriod wedi gweld arian yn 'i ddydd a'i stwffo fe i boced 'i drwser heb feddwl edrych os o'dd e'n iawn ne' bido. Ras am y shed beics ac off sha thre heb gyment â shw'mai na so-long wrth neb. Pob dwarnod arall mi fydde fe'n nido o gefen y beic ar wilod rhiw Gelli a'i wthio fe'n lluddedig bob cam i'r top gan aros bob yn ail gam i ga'l hoe fach ac i ddal pen rheswm â Ianto Piwji. Ond heddi fe bedlodd e bob cam i ben y rhiw nes bod 'i goese fe'n gwynegu.

'Tr'eni na fydde Jones gweinidog yn galw 'ma bob dydd Gwener, ontefe,' mynte hi, Sara, wrth weld 'i gŵr wedi cyrradd sha thre o leia gwarter awr yn gynt nag arfedd. 'Ond bydd rhaid i ti aros achos fydd dy ddŵr wmolch di ddim yn barod am sbel.'

'Dere, naiff e'r tro, dere â fe fel ma' fe,' atebodd Wil yn ddigon diamynedd.

'O wel, ti sy'n gwbod. Ond os wyt ti'n folon dala niwmonia er mwyn Jones gweinidog, rhynto ti a dy gart,' medde Sara gan arllws llond boiler o ddŵr claear i'r twba ar yr ilwd. A rhwng bod y dŵr yn glaear a bod Jones ar 'i ffordd, mi o'dd Wil ma's o'r twba miwn whincad ac at y ford i whythu ar 'i gawl idd'i oeri fe. O'dd e'n neud sŵn fel injin y pwll yn gollwng stêm wrth iddo fe ddrachtio llwyed ar ôl llwyed ferw.

'Mawredd annwl, beth yw'r holl sŵn 'ma ti'n neud? Ti'n yfed y cawl 'na yn gwmws fel 'se ti'n 'i hôl e o wilod y pwll!'

Ond alle Wil ddim ateb hyd yn o'd 'se fe ishe achos o'dd e'n neud shwd gleme yn troi'r cawl berw rownd 'i dafod cyn 'i lyncu fe.

''Na fe, llosga dy dafod 'to. G'na di 'na a fyddi di'n siarad north 'run peth â Jones gweinidog a neb yn dyall gair beth ti'n weud.'

Fe rows Wil hwp i'r basin gwag i genol y ford. 'A paid bod yn hir cyn clirio'r ford.' A mi o'dd 'i laish yn swno fel 'se fe wedi dala niwmonia a llosgi'i dafod yr un pryd.

'Pam, os c'widdyl arnot ti i Jones weld 'yn ford i 'te? Alle fe neud y tro â basned bach o gawl 'i hunan wrth 'i olwg e. Ma' fe'n dishgwl yn gwmws i fi fel bachan sy'n byw acha dim byd ond tishen.'

Ond cyn i Sara ga'l cyfle i drafod mwy ar ddiffygion corfforol y gweinidog, dyma gnoc ar y drws.

'Glou, clira'r basnus 'ma!'

Ac erbyn i Wil arwen y gweinidog miwn i'r gegin wedech chi ddim bod basin na thwba wedi bod yn agos i'r lle.

'Dishgled fach o de, Mr Jones? Dewch mla'n, man a man i chi—a toc bach o dishen i fynd gyda hi,' mynte Sara gan dwlu llygad ar 'i gŵr tu ôl i gefen yr ymwelydd.

'Diolch, Mrs Williams. Diolch yn fawr . . . Eh . . . ddeuda i wrthach chi be oedd, William Williams . . . rhyw feddwl oeddwn i tybad fasa chi mewn ffordd i ysgwyddo 'chydig ar y baich tua'r capal acw.'

'Eh? Beth chi'n feddwl?' holodd Sara. 'Moyn iddo gario rhwbeth ife?'

'Wel ia, ia mewn ffordd . . . hynny 'dy, isho'ch help chi ydw i a deud gwir.'

Ac am un eiliad dragwyddol fe gredws Wil fod 'i awr e wedi dod a bod Jones yn mynd i ofyn iddo fe ddechre'r cwrdd nos Sul, neu o leia bod e'n mynd i ofyn iddo fe arwen y cwrdd wthnos.

'Ia, y merchaid acw sy'n cwyno 'nghylch y confiniens, dachweld.'

'Eh?'

'Cofiwch chi, ma' gen i fesur helaeth o gydym-deimlad efo nhw. Dydy o ddim ffit bod y capal heb doilet dŵr nac'dy. Ddim yn yr oes sydd ohoni. Fe gytunwch chi â hynny ma'n siŵr.'

'Eh? O g'naf . . . g'naf, g'naf. Wrth gwrs 'nny . . . wy'n cyd-weld â chi Mr Jones,' medde Wil gan neud 'i ore i guddio'i siom.

'Y draffarth ydy nad oes gennon ni ddim rhyw lawar o bres wrth gefn dachweld, a rhyw feddwl oedd y diaconiaid 'cw . . . wel tybad fasach chi'n barod i neud rhyw gyfraniad bach.'

'Nawr grindwch 'ma, Mr Jones. Wy' ddim yn 'i weld e'n deg bod Wil ni yn talu at toilets y menywod. Wedi'r cwbwl, dyw e ddim yn 'u iwso nhw, nagyw e?'

Na, na tithe chwaith, medde Wil wrtho fe'i hunan.

'Na, na 'dach chi wedi cam-ddallt, nid gofyn am bres ydw i. Isho cael tynnu'r hen doileda i lawr sydd, a rhyw glirio a ballu. A gweld oedd y diaconiaid 'cw . . . wel ma' William Williams yn ddyn digon 'tebol . . .'

'Gadewch chi'r cwbwl i fod i fi, Mr Jones. Wnaf fi rwbeth i'r capel fel chi'n gwbod.'

Ac fe aeth y gweinidog sha thre yn ddyn hapus

gan ddiolch i Wil am 'i gariad at yr Achos . . . a chanmol Sara am 'i thishen.

'Diolch yn fawr i chi, Mr Jones, a cofiwch alw 'to,' mynte Sara yn fêl i gyd. Ond man o'dd hi wedi cau'r drws dyma hi'n troi at Wil.

'A 'na fachan pert wyt ti, ontefe!'

'Beth wy' 'di neud nawr 'to?'

'Ti'n gwbod yn net beth ti 'di neud. Ie, ti'n ddigon parod i helpu i ga'l toilet dŵr lan sha'r capel 'na. Ond beth amdano i? Sdim ots 'da ti amdano i.'

'Wel fe gele ti neud defnydd o'no fe 'se ti'n mynd i'r cwrdd ambell waith.'

'Nid yn y cwrdd wy' ishe fe, ond fan hyn, tu fa's i ddrws y cefen. Smo ti'n dishgwl i fi rideg lan i'r fynwent bob tro wy' ishe mynd, o's bosib.'

'Wedes i ddim shwd beth.'

'Falle naddo fe, ma' hi siŵr o fod yn bryd i ni ga'l rhwbeth tebyg 'ed, yn lle 'mod i'n gorffod llusgo lan i dop yr ardd drw' bob t'wydd. A 'se rhwbeth yn dy ben di fe welet ti bydde fe'n help i ti 'ed yn lle bod ti'n gorffod claddu'r bwced bob wthnos.'

'O sdim tamed o wanieth 'da fi neud 'nny. A peth arall, ma' fe'n dda i'r winwns, w.' Ac yn syden fe gofiws Wil fod 'da fe rwbeth ishe 'i neud ma's yn y shed.

Ar y ffordd sha thre o'r gwaith ymhen rhai dyddie mi o'dd Wil Hwnco Manco a Ianto Piwji ar ganol rhiw Gelli, a Wil yn adrodd wrth Ianto hanes ymweliad y gweinidog.

'A 'na gyd o'dd e'n moyn yn diwedd, moyn i ti ddismantlo tŷ bach!'

'Ma' rhaid i rywun neud pethe fel'na, tweld.'

'Wel diawsti, ma' Jones gweinidog wedi dy lando di yn y . . . yn y bechingalw tro 'ma reit i wala,' medde Ianto gan bwyso ar 'i feic a lladd 'i hunan yn wherthin.

'Dyw e ddim yn beth i gymryd yn ysgawn, Ianto.'

'Nagyw, gwlei, weden i bod e'n jobyn trwm y diawch!'

Ond miwn gwirionedd, do'dd yr adeilad o dan sylw yn ddim byd mwy na shanti sinc ym mhen draw'r fynwent, ac wedi rhoi gwasaneth ffyddlon i ferched Bethania am ddeugen mlynedd a mwy.

'Sa di funed,' medde Ianto. 'Wy' bythdu fod yn siŵr taw William Owen y sa'r cododd e, ontefe.'

'Ti'n itha reit—crefftwr os buws un eriod.'

'Diawsti, Wil, os nago's rhagor o'i ishe fe ar y capel, fydde dim gwanieth 'da fi ga'l e. Withe fe'n net fel shed fach ecstra i gadw twls a phethe. Dere, beth ti'n weud?'

Fuws Jones a'r diaconied ddim yn hir cyn setlo'r mater, a rhyw fore ar y ffordd i'r gwaith dyma Wil yn cyhoeddi fod y fargen wedi'i tharo. O'dd Ianto i ga'l yr hen shanti bach sinc yn rhad ac am ddim, ond ar yr amod 'i fod e'n helpu Wil i'w dynnu fe wrth 'i gilydd a chliro popeth o'r ffordd cyn diwedd y mish.

'Diawsti, boi, whare teg i ti. Withest ti hwnna'n bert ta beth. Awn ni ambythdu fe nawr ar ôl gwaith os wyt ti'n folon.'

'Beth? Heddi?'

'Wel gynta i gyd gore i gyd, ontefe.'

'Ie, iawn 'da fi, af fi sha thre i wmolch a wela i di lan ar y fynwent 'te.'

'Wmolch! Bachan, bachan, os 'nei di 'nny fe aiff yn dywyll arno ni, w. Na, streit o'r gwaith fydde ore i ni.'

A rhwbeth wedi tri o'r gloch y prynhawn hwnnw mi o'dd dou golier yn 'u dillad gwaith ac yn ddu fel pâr o frain, yn cerdded o gylch yr hen shanti bach yn gwmws fel 'sen nhw'n ddou syrfeiyr 'da'r cownsil.

46

'Twls? Pwy dwls ti'n wilia ambythdu?' holodd Ianto miwn syndod.

'Wel alli di ddim tynnu peth fel hyn wrth 'i gilydd â dy 'winedd, w.'

'O, smo ti 'di dyall. Wy' ddim yn golygu'i dynnu fe wrth 'i gilydd. Ma' hwn yn dod o 'ma fel ma' fe.'

'Eh? Beth ti'n feddwl, fel ma' fe? Yn gyfan ti'n feddwl?'

''Na ti, ti wedi'i gweld hi. Ma' fe'n mynd o 'ma yn un pishin. Nawr 'te, dere ga'l gweld.'

A miwn â'r ddou i'r tŷ bach a chau'r drws. Ond do'dd y llwyth ddim yn codi mor rhwydd â beth o'n nhw wedi feddwl. A 'na lle buon nhw'n tuchan a pwlffacan wrth drio codi'r adeilad yn grwn ac yn gyfan oddi ar y ddaear. Ond chyffre fe ddim un fodfedd.

Fel digwyddws hi, mi o'dd Miss Huws—hi o'dd yn cadw tŷ i Jones gweinidog—mi o'dd hi'n mynd lan hibo wal y fynwent ar 'i ffordd 'nôl o'r siop wedi bod yn prynu tishen i de. Yn syden dyma hi'n sefyll yn stond, yn gwmws fel 'se hi wedi ca'l 'i bwrw ar 'i phen â mwrthwl. Mi alle hi dyngu'i bod hi'n clywed rhwbeth.

'Ow!' mynte hi wrth 'i hunan. 'Ma' rhywun yn toilet y *ladies*. Peth od, wy' ddim yn credu bod cwrdd yn Bethania heddi.'

Ac yna fe wawriodd arni. O'dd hi wedi ame bod rhai o'r chwiorydd yn cwrdd yn y festri heb yn wbod iddi hi. Gwraidd y mater o'dd fod Elsi, gwraig Ianto Piwji, wedi'i chyhuddo hi o gario clecs i'r gweinidog ynglŷn ag ambell beth o'dd yn digwydd pan o'dd y chwiorydd yn dod at 'i gilydd acha prynhawn dydd Mercher. Mae'n wir 'i bod hi wedi gweud wrth Mr Jones fod Magi La La yr organyddes yn ca'l sigarét

47

yng nghegin y festri. Ond 'i busnes hi o'dd gweud. Wedi'r cwbwl, do'dd peth fel'na ddim yn iawn. Ac os o'dd Magi La La yn dost yn y toilet ar ôl bod yn smoco yn y festri, wel syrfo hi reit. Dyna beth o'dd yn dod am gwrdda heb weud wrthi hi.

'Ych a fi, hi a'i hen sigaréts. 'Se ffitach iddi bractiso tipyn ar yr organ yn lle hala'r cwbwl ma's o diwn acha dy' Sul.'

Clustfeiniodd Miss Huws unwaith eto . . . O'dd, mi o'dd 'na sŵn tuchan yn toilet y *ladies* reit i wala.

'Ow, ma' hi'n dost iawn wrth 'i sŵn hi.'

A rhaid gweud fod Miss Huws yn twmlo mwy o foddhad nag o gydymdeimlad ynglŷn â chyflwr iechyd Magi La La. Cododd ar flaene'i thra'd i edrych dros y wal—o'dd hi'n benderfynol o neud y mwya o anffawd yr organyddes. Ond mi o'dd hi 'nôl ar 'i sodle yn weddol glou ac yn rhwbo'i llyged miwn anghred-iniaeth. Ac wedi dod at 'i hunan dyma godi ar flaene'i thra'd unweth 'to i ga'l pip fach arall i neud yn siŵr taw nid breuddwydo o'dd hi. Nage wir! O'dd hi'n itha reit y tro cynta, mi o'dd toilet y *ladies* yn ysgwyd i gyd, yn gwmws fel 'se daeargryn wedi bwrw'r fynwent.

'Jiw, jiw! Ma'r fenyw yn wa'th nag o'n i'n feddwl. Er, licen i ddim bod hi'n marw 'ed—wel dim miwn man'na ta beth.'

Ac wedi peth petruso fe a'th Miss Huws yn nes at yr achos.

'Hylo? Pwy sy 'na? Chi'n olreit 'na?'

Llonyddodd yr adeilad ar unweth. Wedi rhai eiliade agorwyd y drws o'r tu fiwn gan bwyll fach. Do'dd dim golwg o Magi La La. Cwbwl welodd Miss Huws druan o'dd dou bar o lyged gwyn yn syllu arni o'r hanner tywyllwch. Rhoddodd un sgrech oerllyd nes bo'r fynwent yn disbeden, gollwng y bag a'r dishen i gwmpo a stopws hi ddim rideg nes cyrradd diogelwch y mans a chwmpo miwn haint i freichie'r gweinidog.

'O'ch chi'n gwbod . . . O diar . . . O'ch chi'n gwbod bod ysbryd yn y fynwent? . . . Mynwent Bethania?'

'Wel mi glywis ddeud rhwbath gan fy rhagflaenydd am ryw ladi wen erstalwm ynte.'

'O na, nid un Mr Jones! Ma' dwy 'na. Wy' newydd 'u gweld nhw.'

'Brenshach annwl! Dwy ladi wen?'

'Nage, dwy ladi ddu! A ma'n nhw yn toilet y *ladies*. Cerwch i weld 'ych hunan os nag y'ch chi'n credu!'

Ond gan mai hen lanc o'dd Jones do'dd e ddim yn twmlo taw 'i le fe o'dd mynd i archwilio adeilad fel'na.

'Dowch, dowch, Miss Huws. Mi fyddwch yn well at y bore, 'lwch. A ph'run bynnag, os oes yno ysbrydion, gwyn neu ddu, fyddan nhw ddim yno'n hir. Mi fyddan yn siŵr o ddiflannu pan aiff y toilet, wchi. Ia, glynu wrth 'u cartra fydd ysbrydion drwg bob amser, dachweld. Dowch, mi wna i banad i chi. Oes yma gacan, dwch?'

'Reit,' mynte Ianto. 'Unweth 'to. Gyda'n gilydd 'te.'

A fe rows Wil ag ynte'u hysgwydde llydan o dan ddistie'r tŷ bach, a gydag un ymdrech fawr cododd yr adeilad oddi ar y ddaear.

'Reit, ni pia fe! Nawr 'te, awn ni â fe ma's drw'r gat isha, gan bwyll fach.' A dechreuodd y tŷ bach gerdded i gyfeiriad gat isha'r fynwent.

'Ti'n gallu gweld ble ti'n mynd?' gofynnodd Wil yn ofidus.

'Nagw i, ma' hi fel bola buwch miwn 'ma. Treni na fydde William Owen Sa'r wedi meddwl am ddodi ffenest yndo fe.'

'Cer damed mwy i'r dde,' gorchmynnodd Wil.

Ufuddhaodd Ianto. Ond whare teg, o'n nhw wedi bod yn y gwaith trw'r dydd ag o'n nhw ddim i wbod fod yr hen Ifans y Shop wedi'n gadel ni yn orie mân y bore. Peth arall o'n nhw ddim yn wbod o'dd fod Twm Cysgod Ange ishws wedi hanner torri bedd iddo fe.

A whare teg i Miss Huws 'ed, o'dd yr hen Jones mor siomedig fod dim tishen i de, fe fuws hi'n ddigon o fenyw i fynd yn ôl i whilo amdani. Ond wrth ddod i olwg y fynwent fe welws hi doilet y merched yn cerdded gan bwyll fach i gyfeiriad y gat isha. Yn syden dyma fe'n stopo a dod i orffwys ar ymylon y bedd agored, a'r peth nesa welws Miss Huws o'dd dou ysbryd du yn codi o'r bedd ac yn edrych rownd, yn gwmws fel 'sen nhw ishe gweld os o'n nhw yn y nefodd.

'Olreit, olreit, mi wna i banad bach arall i chi rŵan,' ebe Jones. 'A gwell i chi ga'l rhyw lymad bach yn 'i lygad o hefyd, dyna fasa ora,' ychwanegodd y gweinidog gan estyn y botel frandi. 'Gyda llaw, gawsoch chi hyd i'r gacan, dwch?'

Wedi taro yn erbyn cornel y capel siwrne, methu'r gat a bwrw'r post ddwywaith neu dair, o'r diwedd fe deimlodd Ianto a Wil 'u sgidie hoelion yn crafu'r hewl tu fa's i'r fynwent.

'I'r whith nawr 'te,' mynte Wil o'r cefen.

Roedd toilet y gwragedd ar 'i ffordd i'w gartref newydd yn nymbar twelf Hewl y Mynydd.

'Ti'n olreit?' holodd Ianto yn itha consyrnol.

'Odw, ond bod 'yn ysgwydde i'n gwynegu.'

'Dod e lawr am sbel fach 'te.'

'Ble y'n ni, gwed?'

'Wy' ddim yn gwbod. Ond fel wy'n neud ma's ddylen ni fod rhwle sha gwilod rhiw Gelli.'

Druan â nhw. O'n nhw ddim yn agos i riw Gelli. O'dd y shanti bach sinc wedi aros â'i gefen yn wynebu gat ffrynt Mrs Thomas y bwtshwr.

'Wy'n credu bo' fi ishe mynd,' sibrydodd Wil.

'Mynd! Pwy fynd ti'n wilia? Dim ond newydd stopo y'n ni.'

'Nid 'na beth wy'n feddwl. Ishe mynd i'r tŷ bach.'

'Ishe mynd i'r tŷ bach! Diawl, ti yndo fe'n barod, w!'

'Ie, ond alla i ddim neud fan hyn, ddim ar yr hewl. A peth arall, tŷ bach menywod yw hwn, ontefe.'

''Nhŷ bach i yw e nawr ta beth. Ma' hawl 'da ti neud fel ti'n dewish yndo fe.'

Ymhen eiliade mi o'dd Mrs Thomas y bwtshwr yn dod ma's i weud gwdbei wrth Mrs Williams-Harries, J.P. O'dd y ddwy wedi bod yn yfed te ac yn clecan yn y parlwr gore. A phan agorws Mrs Thomas y drws ffrynt fe fuws hi'n agos â cherdded ar 'i phen i gefen y shed sinc.

'*Dear me*, beth sy fan hyn?' holodd y J.P. i'r tu ôl iddi.

'O'r mawredd, dynion y letric 'ma 'to. Neu gwŷr y gas falle. Dyw rhain byth yn hapus os nad y'n nhw'n torri rhyw dwlle yn rhwle. Ma'n nhw'n ddigon o farn.'

'Wy' ddim yn credu bod chi'n iawn Mrs Thomas,' mynte'r J.P., a mi o'dd golwg fach itha gofidus arni. '*Just look at that.*'

Edrychodd Mrs Thomas, a dyna lle'r o'dd ffrwd fach o ddŵr yn tarddu o dan y shed ac yn dechre rhedeg lawr y llwybr ac yn chwyddo'n gyflym wrth neud 'i ffordd tua drws ffrynt y bwtshwr.

'*That can't be electricity, dear! Nor the gas either as far as that goes. And it's gone far enough already. Don't you think?*'

'Chi'n iawn 'ed. Allwch chi fentro taw dynon y Bwrdd Dŵr sy 'ma.'

'*Probably repairing a leak.* Gwell i chi neud rhwbeth ar unwaith neu bydd 'ych *whole* tŷ chi yn *flooded*!'

Aeth Mrs Thomas at y shed dan fwgwth pob math o bethe i weithwyr esgeulus y Bwrdd Dŵr. Ond yn syden iawn fe dawelodd y bwgwth ac fe sefws fan'ny a'i cheg ar agor miwn rhyfeddod. Oherwydd uwchben drws y shed fach, miwn llythrenne bras, fe welws hi'r gair LADIES. Mentrodd agor y drws gan bwyll fach.

'O! Mrs Williams-Harries! Dewch yma ar unwaith!'

Fe rows honno'i phig busneslyd rownd y drws a gweld Wil a Ianto yn sefyll fan'ny fel dou bost a mor ddu â galle dou ddyn gwyn fyth fod.

'*Who are you? What are you doing here? Look at you, you're not from the Water Board. Come on, where are your water pipes?*'

'*We have finished the job, thank you,*' mynte Ianto.

A gwawriodd ar y J.P. o ble y tarddodd y ffrwd o dan y shed, a medde hi gyda'i holl awdurdod, '*Look here, my man, this is a most serious offence. This is a public highway and I have a good mind to report you.*'

'*Close the door please,*' atebodd Ianto yr un mor awdurdodol. 'Dere Wil, gore i gyd pwy gynta awn ni o fan hyn.' A dechreuodd y shed ar 'i thaith unwaith eto, a'r ddwy wraig yn edrych arni hi'n mynd ac yn edrych ar 'i gilydd bob yn ail.

Bu gweddill y siwrne yn ddigon didramgwydd a chyrhaeddwyd nymbar twelf Hewl y Mynydd a'r llwyth yn ddiogel.

'Shwd ma' dy sgwydde di nawr?' holodd Ianto.

'Ma'n nhw siŵr o fod yn gig no'th, ne' fel'na ma'n nhw'n twmlo ta beth.'

'Dere, naiff Elsi ddishgled fach o de i ni nawr; fyddi di'n twmlo'n well wedyn.'

'Alla i ddim gweld bod te yn mynd i neud lot o les i'n sgwydde i.'

Wedi i Wil droi sha thre yn ddou ddwbwl a phlet, fe a'th Ianto sha'r tŷ i alw ar Elsi.

'Ie, beth ti'n feddwl?' gofynnodd Ianto gan edrych fel dyn o'dd yn blês iawn â fe'i hunan.

'Wel, dyw e'n ddim byd newydd i fi ody fe. Wy' 'di bod yn mynd hibo i hwn ddwywaith bob dydd Sul am o leia ucen mlynedd. A fyddet tithe wedi gweld lot mwy arno fe 'ed 'se ti'n mynd sha'r cwrdd ambell waith.'

'Ie, ie ond beth ti'n feddwl? A wy' 'di ga'l e am ddim 'ed, cofia di.'

'Wel gobitho na smo ti'n mynd i adel e fel ma' fe.'

'Na, na wy'n golygu rhoi cot fach o baent iddo fe, tweld.'

'Gofala bod e'n matsho lliw y tŷ, 'na gyd. A peth arall, ma' rhaid i ti dynnu'r llythrenne 'na bant o'r drws. A weddol glou 'ed. Wy' ddim ishe gweld bysys yn stopo tu fa's a lot o fenywod yn ciwo ar ale'r ardd.'

'O wy' ddim yn gwbod wir. Falle 'nelen ni ginog fach net ffor'na.'

'Gad dy gellwer. Wy'n mynd sha'r tŷ i ddwsto.'

Wedi ca'l cefen Elsi fe a'th Ianto ati i ddadsgriwio'r llythrenne o'r drws. Wedi tynnu llythyren ola' y LADIES fe ddechreuws feddwl.

'Diawsti, 'sen i'n ca'l gwared â'r A a'r D . . . Ie, 'na fe! Diawsti, 'na syniad nawr!' Rhoddodd y ddwy lythyren yn 'i boced a sgriwo'r beder arall yn ôl ar ddrws y tŷ bach, ond nid yn yr un drefen. Yna galwodd ar 'i wraig i ddod i edmygu beth o'dd e'n 'styried o'dd yn dipyn o strocen.

'Ma' hi, wy' wedi enwi'r shed newydd ar dy ôl di, shgwl. Beth ti'n feddwl o'na 'te?'

Uwchben y drws darllenodd Elsi'i henw'i hunan, E-L-S-I. 'Elsi!' Wedi iddi ddod dros y sioc fe ga's Ianto wbod yn weddol glou beth o'dd hi'n feddwl o ga'l tŷ bach wedi'i enwi ar 'i hôl hi!

Ag o'dd pethe ddim llawer gwell yn nymbar ffôr 'ed. Erbyn hyn mi o'dd Jones gweinidog wedi dyall beth o'dd yr ysbrydion du o'dd Miss Huws wedi'u gweld yn dod lan o'r bedd. Fe ddeallws hefyd beth ddigwyddws i'r dishen o'dd fod i de. Penderfynodd taw 'i ddyletswydd o'dd mynd i ddiolch i Wil am 'i gymwynas fawr yn symud toilet y *ladies*.

'Be sy, William Williams? Wedi brifo ia?' gofynnodd Jones wrth weld Wil wedi strwpo at 'i ganol a Sara'n rwto rhyw stwff melyn yn 'i ysgwydde fe. Ac wedi dod yn nes ac edrych yn fwy manwl, mynte'r gweinidog, 'Bobol annwl! Be yn y byd 'dach chi 'di neud? Mi dach chi'n gig noeth, ddyn!'

'Wel ma' hi fel hyn, Mr Jones,' mynte hi Sara cyn i Wil ga'l cyfle. 'Chi ofynnws i Wil os bydde fe'n folon rhoi ysgwydd o dan y baich sha Bethania 'co, ontefe.'

'Wel ia, wn i hynny . . . dyna pam ddois i yma i ddiolch, siŵr.'

'We,l cwbwl sda fi weud yw triwch ffindo baich damed bach mwy ysgawn tro nesa os nago's gwanieth 'da chi . . . Nawr 'te, os newch chi'n esgusodi i wy'n mynd i neud dishgled fach o de i Wil.' A chan anwybyddu'r gweinidog fe drows at 'i gŵr.

'Licet ti damed o dishen gyda dy de, Wil? Ma' digon i ga'l, ffresh heddi. A nid tishen shop yw hi whaith.'

4 Rhedeg y Bath

Fuws Wil Hwnco Manco byth yr un peth wedi i'w fab fynd i'r gwaith glo. Dyna o'dd siom fawr 'i fywyd. Fe rows enw pregethwr iddo fe, John Calfin Williams, a mi o'dd e'n dishgwl pethe mawr. A beth nath y crwt ond 'i newid e am enw bocswr. Bob tro y bydde Wil yn clywed cyfeirio at 'i fab fel y Geneva Kid mi fydde'i stwmog e'n troi a gwallt 'i ben yn codi. Wedi breuddwydio gweld y mab yn ca'l jobyn coler a thei a dillad glân, dyma fe nawr yn dod sha thre bob dydd mor ddued â'i dad.

Ac yn dawel fach do'dd Sara ddim yn lico'r peth 'ed. Nid bod llawer o wanieth 'da hi bod yr unig anedig ddim wedi mynd i'r weinidogeth. Y peth o'dd yn 'i phoeni hi o'dd bod gyda hi ddou golier ar yr ilwd. A mi o'dd un yn fwy na digon.

'Mam, allech chi ddim gwnio patshin ar 'y nhrwser gwaith i, allech chi?'

'Beth ti'n feddwl odw i, slaf? Ma' fe'n fwy na alla i neud i g'wiro trwser dy dad—dishgwl ar seis y twll 'ma. Wy' ddim yn gwbod beth y'ch chi'n neud â'ch trwseri. Allen i dyngu bod llygod ffyrnig wedi bod wrthyn nhw.'

'Ie ond Mam, alla i ddim mynd i'r gwaith â mhen-lin i ma's trw' 'nhrwser i.'

'Mae'n well bod dy ben-lin di ma's na bod tin dy dad yn y golwg, on'd yw hi.'

Ac ar wahân i batsho dillad i ddou, o'dd gwaith golchi i ddou ar ben 'nny. A nid whare plant yw golchi dillad colier bob wythnos, heb sôn am dwymo dŵr bath iddo fe. A fan'na o'dd y glo mân yn dod miwn os gwetson nhw.

Pan o'dd dou golier ar yr un ilwd y drefen o'dd bod un yn mynd ar 'i linie wrth y twba yn gynta i wmolch 'i bart ucha—hynny yw, 'i ben a'i freichie. Tra bydde hwnnw'n sychu'i bart ucha mi fydde'r ail yn plygu wrth y twba. Wedyn mi fydde'r cynta yn mynd miwn i'r twba i wmolch 'i bart isha a'r fenyw yn golchi'i gefen e. Ond do'dd y trefniant yma o bawb yn 'i dro ddim wrth fodd Wil Hwnco Manco.

'Aros di nes bo' fi wedi cwpla. Gei di'r twba i ti dy hunan wedyn.'

'Ond smo chi'n dishgwl i fi wmolch 'yn wyneb yn hwnna, odych chi. Dim ar ôl i chi olchi'ch . . . olchi'ch tin yndo fe!'

'Wel os wyt ti'n dishgwl i fi ferwi boilered o ddŵr ffresh ar dy gownt di fe alli di feddwl 'to, 'machan i,' mynte hi Sara, gan wbod yn net nag o'dd dim troi i ga'l ar 'i gŵr gyda threfen yr wmolch.

''Sdim sens miwn peth fel hyn,' medde fe'r mab. 'Bydd rhaid i ni ga'l bath, reit . . . a . . . a bathrwm a phethe, 'na gyd ambythdu fe.'

'Beth ti'n wilia, bachan? So'r twba yn ddigon da i ti ne' beth? Beth ti'n feddwl yw'r lle 'ma, gwed? Buckingham Palace?'

'Ond ma' fe mor henffasiwn, w. A peth arall, smo fe'n beth iach ody fe, wmolch yn 'ych dŵr chi.'

'A beth sy'n bod ar ddŵr dy dad, meddet ti? Mawredd, ti'n siarad fel 'se rhyw glefyd ofnadw arno fe. Ma' dy dad yn berffeth iach os ti'n moyn gwbod.'

'Odw, berffeth iach,' atebodd Wil. 'A peth arall i ti, os o'dd twba'n ddigon da i nhad ma' fe'n ddigon da i fi. A wy'n siŵr bod e'n ddigon da i tithe 'ed. Fel hyn wy' wedi arfedd wmolch a fel hyn wy'n golygu wmolch. Nawr estyn y llien 'na os ti'n moyn neud rhwbeth o werth.'

Ac fe estynnws John y llien i'w dad gydag osgo un o'dd yn bwrw'i ben yn erbyn y wal a dim gobeth ennill y dydd ar gwestiwn y bath, dim byth bytho'dd. Ond ychydig wydde fe ar y pryd y bydde amgylchiade yn peri i'w dad ailystyried mater y bathrwm—a hynny ynghynt na'r dishgwl.

Drws nesa lawr i Wil, yn nymbar tŵ Hewl y Mynydd, ro'dd cartre 'Mrs Jones Australia'. Nid bod y fenyw fach wedi bod yn Awstralia eriod, ond bod Arthur 'i brawd yn byw ma's 'na ers blynydde. Ac am 'i bod hi wastod yn sôn am Arthur a'r ffortiwn o'dd e wedi neud ym mhen draw'r byd, 'Mrs Jones Australia' ga's hi fod 'da pawb. Fel digwyddws hi, mi o'dd merch Arthur wedi dod draw o Awstralia i aros gyda'i modryb yn nymbar tŵ Hewl y Mynydd. Croten sha'r ucen o'd 'ma, slipen fach itha smart gyda gwallt melyn, hir a lliw cro'n i fatsho. Do'dd hi ddim wedi bod yng Nghymru o'r bla'n a heb eriod weld colier yn 'i bywyd. Do'dd merch y traethe aur yn gwbod dim am fochdra bywyd o dan ddiar. Rhyw ddou ddwarnod wedi iddi gyrra'dd y digwyddws y peth. Mi o'dd y fodryb wedi penderfynu neud te spesial iddi—llestri gore o'r parlwr a llien ford o'r casindrârs—i ga'l dangos i'r groten 'yn bod ni'n gwbod shwd o'dd byw llawn cystel â phobol Awstralia. Ond er mawr g'wilydd i Mrs Jones dyma hi'n gweld 'i bod hi wedi rideg ma's o siwgir. O'dd hynny ddim yn beth newydd. O'dd hi byth a hefyd yn rhedeg drws nesa i fenthyg rhwbeth ne'i gilydd.

'*Never mind, Amanda darling. I'll borrow some from Mrs Williams next door. She's very kind like that, you know.*'

Ond d'odd dim golwg ar y fodryb yn symud, a mi o'dd y te yn y tebot yn oeri. Beth o'dd ar y fenyw?

Pam nag o'dd hi'n mynd i ercyd y siwgir yn lle whilibawan fan hyn?

'*Shall I go, Aunty? I'll get the sugar from next door.*'

'*No . . . no, not yet!*' A mi o'dd Mrs Jones yn swno fel menyw wedi ca'l ofon.

'*But why not? Come on, give me the cup, it won't take a minute.*'

'*No . . . no . . . well you don't know them you see . . . No, I'll go myself later on.*'

Ac fe aeth Mrs Jones ma's i'r ardd i ladd amser. O'dd hi'n gwbod yn iawn nag o'dd e ddim yn arferiad i fenywod diarth gerdded miwn i gegin colier am o leia awr wedi i hwnnw ddod sha thre o'r gwaith. Ond whare teg i Amanda, do'dd hi ddim i wbod pethe fel'na. A phan edrychodd hi ma's drw'r ffenest dyna ble o'dd y fodryb yn whynnu ale'r ardd yn jycôs. A dyna pryd y penderfynodd Amanda fynd miwn drws nesa i ercyd y siwgir 'i hunan.

Ro'dd Wil ar 'i dra'd yn y twba yn wmolch 'i bart isha, pan glywodd e sŵn Sisneg mawr yn dod o gyfeiriad drws y gegin.

'Beth ar y ddiar fawr . . .?'

Ond cyn bod e'n gwbod beth o'dd e'n neud fe drows i wynebu'r drws. 'Se fe'n well o lawer 'se fe ddim wedi neud shwd beth. A'th e'n gwmws ishta pishin o rew, achos yno yn 'i wynebu fe o'dd y groten berta welws e yn 'i ddydd eriod. A mi o'dd hithe wedi rhewi 'ed, ta faint o liw haul o'dd arni 'ddi. Alle Wil neud dim byd ond dishgwl lawr ar 'i gorff porcyn a dishgwl ar y groten bob yn ail. Fe redws Sara i moyn llien i gwato'i gŵr, ond yn 'i ffwdan fe ollyngws hi fe i gwmpo i'r twba.

'*I know, from Down Under isn't it?*' mynte John o'r gader wrth gefen y drws. Ac yn syden dyma'r groten yn dadleth. Fe adawws y basin siwgir gwag i gwmpo nes bod e'n yfflon ar y llawr. Fe rows un sgrech nes bo'r ddiar yn crynu a ma's â hi trw'r drws yn gwmws fel 'se hi ddim yn golygu stopo nes bod hi 'nôl yn Awstralia.

Ro'dd 'i modryb ar 'i phenlinie wrthi'n whynnu o hyd. Fe gododd miwn pryd i ddala Amanda wrth i honno gwmpo'n gwdyn idd'i breichie hi.

'*What is it, darling? Aren't you well?*'

Ond yr unig sens ga's hi o'dd rhyw gleber dwl am ddyn â'i dop e'n wyn a'i wilod e'n ddu . . . a menyw wen i gyd . . . a chrwt ifanc wrth gefen y drws yn ddu o'i ben idd'i dra'd.

''Na fe, syrfo chi reit,' medde John. 'O'n i'n iawn, on'd o'n i? 'Se bathrwm iawn i ga'l 'da ni fydde peth fel 'na ddim wedi digwydd. Ond 'na fe, bydd pawb yn Awstralia yn gwbod beth sy gyda chi nawr, gewch chi weld.'

'Hei! Paid ti bod mor eger, 'machan i. Bydd di'n ofalus beth ti'n weud rhag ofon iti ddifaru!'

Ond yr unig beth o'dd John yn ddifaru o'dd taw nage fe o'dd yn y twba pan dda'th y wenynen Awstralia i moyn y siwgir.

'Am faint ma'r groten Awstralia 'na yn golygu aros, gwed ti?' holodd Wil. Ac yn 'i ddryswch fe ddechreuws sychu'i bart isha cyn bod e wedi cwpla 'i olchi fe.

''Se hi wedi 'ngweld i yn y twba falle bydde hi ishe aros 'ma am byth,' atebodd John braidd yn ffraeth. Ond ddangoswws neb bod nhw wedi clywed.

'Wedodd Mrs Jones bod hi'n aros whech mish,' medde Sara, a'i llaish bythdu bedwar pitsh yn uwch nag arfer.

''Na fe 'te,' medde John yn itha cellw'irus. ''Na fe,

59

well i chi ga'l bathrwm weddol glou. Smo chi'n gwbod, falle bydd whant arni hi ga'l pip fach arall arnoch chi yn y twba.'

Edrychodd Wil yn hir ar John, ac am funed fe gredws hwnnw falle bod y profiad wedi bod yn ddigon i argyhoeddi'i dad ynghylch manteision preifatrwydd a diogelwch bathrwm.

'Ma' honna wedi ca'l y pip ddwetha ar y bachan 'ma, cred ti fi. Sara, gofala bod ti'n bollto'r drws 'na am y whech mish nesa. Ddodiff 'na stop ar 'i sbort hi!'

A meddyliodd John y bydde fe'n ddiwedd ar 'i sbort ynte hefyd, heblaw bod yn ddiwedd ar 'i obeth am ga'l bathrwm newydd.

Ond yr oedd profedigaethe mwy ar y gorwel.

Bob dydd Mercher fel y cloc, mi fydde Sara'n galw gyda Tomos y bwtshwr i brynu sosej erbyn swper gwaith. Do'dd dim rhaid iddi weud beth o'dd ishe— o'dd Tomos yn gwbod beth o'dd yr ordor gyda bod Sara trw' ddrws y siop.

'Saith sosejen ife, Sara?'

'Ie, plîs.'

'Licet ti ddim tamed o afi, sbo. Ma' afi llo neis 'da fi wthnos 'ma.'

'Be sy arnoch chi, ddyn? Chi'n gwbod taw dydd Mercher yw hi. Cadwch 'ych afi. Saith sosejen 'run peth ag arfedd.'

'Ti sy'n gwbod . . . 'Ma ti 'te, saith sosejen. Dwy i Wil, dwy i ti, dwy i John . . . ac un i Shanco wrth gwrs. Swllt a dwy os gweli di'n dda.'

Cwrcyn coch Mrs Jones drws nesa o'dd Shanco a mi o'dd Sara wedi dechre twlu sosejen fach sbâr iddo fe. A phob dydd Mercher, fel y cloc, mi fydde'r cwrcyn ar aelwyd nymbar ffôr yn dishgwl Wil o'r gwaith. O'dd Shanco yn gwbod yn iawn bod dydd

Mercher yn ddwarnod sosej, a dyna lle bydde fe'n gorwedd o fla'n y tân yn aros i Wil gwpla wmolch.

"Sdim un sens bod y cwrcyn 'ma yn ca'l y lle gore yn y tŷ a finne fan hyn yn hanner sythu. Symud, i fi ga'l dod â'r twba 'ma yn nes at y tân. Cer! Wishgit!'

A symudodd Shanco gan bwyll fach fel 'se fe ddim yn barod iawn i neud, a setlo wedyn ar y glustog yng nghader Wil, yn gwmws fel 'se fe'n gweud bod 'da fe berffeth hawl i fod yma ar ddydd Mercher.

'Dishgwl arno fe,' medde Wil wrth gamu i'r twba i olchi'i bart isha. 'Arnot ti Sara ma'r bai yn dechre 'i fwydo fe.'

Ag o'dd Shanco fel 'se fe'n dyall nag o'dd Wil ddim yn barod iawn i rannu'i gino na'i gader. Ac fe ddangosws Shanco hynny yn weddol blaen. Cododd y blew ar 'i gefen ac fe ddangosws 'i ddannedd ar Wil. O'dd e'n dishgwl yn debycach i deigar nag i gwrcath.

'A paid ti codi cefen-cath-wmladd arno i, ne' fyddi di heb dy sosej, gw' boi.'

Rhaid fod Shanco wedi dyall beth o'dd Wil yn fwgwth a mi o'dd e'n benderfynol nag o'dd e ddim yn mynd i fod heb 'i ginio. A'r peth nesa dyma fe'n rhoi naid o'r gader a phlannu'i ddannedd yn y peth tebyca i sosej alle fe weld o'dd miwn cyrra'dd.

'Gad fynd, y cwrcyn jawl!' gwaeddodd Wil, gan anghofio am Jones gweinidog a'r capel a'r cwrdd wthnos a'r cwbwl i gyd. 'Sara! . . . Help! . . . Gad fynd!' A mi o'dd Wil ar 'i dra'd yn y twba yn troi rownd fel top a'r cwrcyn yn mynd rownd gyda fe a'r dŵr yn tasgu i bob man.

'Sara! . . . Helpa fi . . . G'na rwbeth! . . . Twl sosej iddo fe! Glou! Dere, cyn i hwn 'yn sbwylo i am byth! . . . Ooooo . . . Aaaaa!'

Cydiodd Sara yn y sosej fwya yn y ffrympan—

do'dd dim gwanieth 'da hi am losgi'i bysedd—a'i thwlu hi ar lawr y gegin. Gollyngodd Shanco 'i afel yn Wil a diflannu trwy ddrws y gegin a sosej Tomos y bwtshwr rhwng 'i ddannedd.

Wedi dod sha thre o'r syrjyri fe a'th Wil idd'i wely yn gynnar. Ond do'dd dim cwsg yn agos iddo fe.

'Sara?'

'Ie?'

'Ti'n cysgu?'

'Odw.'

'Gwed wrtho i, faint ti'n feddwl fydde prish bath ail-law?'

'Pam ti ishe gwbod?'

'Dipyn llai nag un newydd on'd yw e?'

Cododd Sara ar 'i hishte yn y gwely.

'Nawr, grinda 'ma Wil, sdim un bath ail-law yn dod i'r tŷ 'ma. Man a man i ti ddyall 'nny nawr.'

'Pam, be sy o le acha bath ail-law, gwed ti?'

'Be sy o le! Diawch, wyt ti ddim yn gwbod pwy sy 'di bod yndo fe, nagwyt ti, na beth ma' neb 'di bod yn neud yndo fe. Os wyt ti'n credu 'mod i'n mynd i wmolch yn bath rhywun arall, well i ti feddwl 'to.'

'Wedodd Ianto bod Mrs Williams-Harries y J.P. wedi ca'l bath newydd a bod hi 'di neud bathrwm newydd lan llofft.'

'Mawr lwc iddi weda i. Er mwyn popeth, cer i gysgu.'

'Meddwl o'n i . . . wel falle bydde hi'n folon gwerthu'r hen un. Fydde dim gwanieth 'da ti wmolch yn bath rhywun felna, os bosib.'

'Wel, o leia ma' honno'n lân ta beth.'

A fe a'th Wil i gysgu a breuddwydio amdano fe'i hunan yn gorwedd yng nghysur bath Mrs Williams-Harries, ac yn saff o grafange Shanco.

Tranno'th fe gytunws y J.P. i roi'r bath i Wil yn rhad ac am ddim, ond ar yr amod 'i fod e'n mynd yn gyfrifol am 'i symud e. Ac fe a'th Wil ati i baratoi'r *transport*. Fe ga's afel ar wilod yr hen bram mawr o'dd wedi'i roi yn y shed ar ôl i John dyfu ma's ohono fe. A bore Sadwrn mi o'dd Ianto ac ynte yn tynnu'r *bath transporter* wrth raff, lan trw'r pentre i gartre'r J.P. ar ben Rhiw Gelli. Agorodd hithe ddrws y ffrynt.

'Eh . . . wedi dod i ercyd y bath . . . Ody'ch gŵr chi 'ma?' holodd Wil yn gwrtais ddigon.

'Ma' Mr Williams-Harries i fyny'r grisie.'

'Heb godi ife?' holodd Ianto, ond nid gyda'r un cwrteisi.

'Na, os o's rhaid i chi wbod, ma' fe i fyny'r grisie yn perfformio'i *ablutions*.'

Mi o'dd Mrs Williams-Harries yn ystyried bod mwy o swanc yn iaith y North achos taw fel'na o'dd Mr Jones gweinidog yn siarad. Mi fydde fe yn gweud 'grisie' ac 'i fyny' a phethe felna. Ac ambell waith mi fydde hi'n twlu ambell air Sisneg miwn. O'dd hynny'n fwy fyth o swanc yn 'i golwg hi. Do'dd dim rhyfedd fod Ianto wedi cymryd rhai eiliade cyn dyall y fenyw.

'O . . . wy'n gweld be sy 'da chi, lan llofft yn ca . . . yn ca . . . yn ca'l bath ma' fe!'

'Ie, mewn ffordd o siarad. *Come in. Would you like a little sherry?*'

'O diolch yn fawr,' mynte Ianto ar unwaith, ac er mwyn neud yn siŵr bod y fenyw wedi dyall, medde fe wedyn, '*Yes please. Thank you.*'

'*What about you, Mr Williams?*'

'Na, na, dim diolch. Dim i fi.'

'Fe sy'n drifo, chweld,' eglurodd Ianto.

'*Pardon?*'

'You know, driving the bath,' medde Ianto gan droi i'r Sisneg rhag ofon nag o'dd y fenyw ddim wedi dyall. Ond mi o'dd golwg y fenyw yn gweud bod hi wedi ca'l ofon ac fe redodd i'r llofft i alw ar 'i gŵr.

Mi o'dd y bath o'dd wedi'i dynnu ma's o dŷ'r J.P. yn yr ardd gefen ac fe gymerodd hi hanner awr gyfan i ga'l e drw'r tŷ i'r hewl a'i ddodi fe'n saff ar fframyn y pram.

'Diawsti, Wil. Ma' fe'n dishgwl hytrach yn fach i fi. Ti'n meddwl ei di miwn iddo fe?'

'Ma' digon o le i sefyll yndo fe. Beth mwy sy ishe?'

'Paid wilia mor ddwl, nid twba yw hwn. Smo fe 'run peth. Ti fod i orwedd miwn bath, w.'

'Odw i?'

'Grinda, well i ti drio fe rhag ofon.'

Eisteddodd Wil yn y bath tu fa's i ddrws ffrynt y J.P. a Ianto'n dala'n sownd wrth y rhaff.

'O Mr Jenkins, y'ch chi ddim wedi yfed 'ych *sherry.*'

'Dal y rhaff 'ma am funed.'

Ac fe estynnws Ianto ben y rhaff i Wil er mwyn ca'l 'i ddwylo'n rhydd i gydio yn y sherri o law y fenyw. Un llwncad ac fe ddiflannws y cwbwl lawr 'i gorn gwddwg. Ond pan drows e rownd, fe welws e'r bath yn cwni sbîd i lawr dros Rhiw Gelli a Wil yn ishte yndo fe ac yn gweiddi nerth 'i ben a dala'n sownd yn y rhaff yr un pryd. Fe driws Ianto redeg ar 'i ôl e, ond o'dd hi'n amlwg taw'r bath o'dd yn mynd i ennill y ras. Hanner ffordd i lawr y rhiw mi o'dd gorsaf heddlu Felin-y-Pandy, a heb arafu dim fe a'th Ianto trw'r drws a'i ana'l miwn un dwrn a gwydr sherri yn y llall.

'Dewch . . . dewch glou . . . Ma' Wil Hwnco Manco yn y bath!'

Cododd Roberts y Bobi 'i ben o'i lyfr gan bwyll fach. Edrychodd ar wyneb Ianto a gweld 'i fod e'n goch fel tân. Yna edrychodd ar y gwydr gwag yn 'i law dde.

'Gwed 'na 'to.'

'Dewch glou . . . Wil . . . ma' fe yn y bath!'

Pwysodd Roberts mla'n dros ymyl y ddesg a rhoi'i drwyn yn wyneb Ianto a gwynto'i ana'l e.

'O ie, wedi bod yn yfed wy'n gweld.'

'Eh? Pidwch bod mor ddwl, ddyn . . .'

'Ishte lawr,' gorchmynnodd y plisman.

'Ond Wil . . . Smo chi'n dyall? . . . Ma' fe yn y bath!'

'Ishte fanna pan wy'n gweud 'thot ti. Gawn ni weld beth fydd 'da'r Sarjant i weud am hyn nawr.' A chododd Roberts y ffôn. O'dd e'n edrych mor ddifrifol â dyn o'dd yn paratoi i riporto llofruddiaeth.

Wrth lwc mi o'dd Wil a'r bath wedi dod i stop ar wilod Rhiw Gelli a hynny heb fod y naill na'r llall wedi ca'l unrhyw niwed.

'O'n i ddim yn dy ddishgwl di mor gynnar,' ebe hi Sara wrth weld 'i gŵr yn dod drw'r pasej ac yn tynnu'r bath wrth y rhaff yn gwmws fel 'se fe'n arwen poni.

'Na, ddes i'n dipyn cynt na beth o'n inne wedi feddwl 'ed.'

A fe ga's e help Sara i fynd â'r bath ma's trw'r gegin i'r rŵm bach yn y cefen.

''Na fe, 'na fe yn 'i le yn barod. Cwbwl sy ishe nawr yw cwpwl o bibe a fe gei di roi'r hen dwba 'na i ddyn y rhacs tro nesa daw e rownd.'

Fe gymerws hi ddwyawr i Roberts y bobi a'r Sarjant ddod i ddyall nago'dd Ianto ddim wedi meddwi ar y sherri. Ac oni bai iddo fe'u perswado nhw i ffono Mrs Williams-Harries ac i honno weud

taw dim ond un gwydred o'dd e wedi'i ga'l, ma' hi'n
ddigon posib y bydden nhw wedi'i gadw fe miwn
dros nos. A'r unig reswm iddyn nhw gredu honno
o'dd achos 'i bod hi'n J.P.

Fel o'dd hi'n digwydd, mi o'dd Ianto Piwji yn
ffansïo'i hunan yn dipyn o gamster ar waith plwmo.

'Gad ti'r cwbwl i fod i fi. Ddechreuwn ni ar y jobyn
bach 'ma ar ôl gwaith dydd Llun.'

A phan dda'th dydd Llun fe ymddangosodd Ianto
wrth ddrws cefen Wil yn bapure ac yn bensils i gyd.
A rhwng neud ambell fistêc fel drysu rhwng y dŵr
twym a'r dŵr o'r a rhedeg 'nôl a mla'n at Morgans yr
ironmonger i ercyd ambell bart, fe fuon nhw wrthi am
wthnos gyfan.

Ond un peth o'dd llwyddo i ga'l dŵr i redeg miwn
i'r bath. Peth arall o'dd ffindo ffordd i'r dŵr brwnt
fynd ma's. A mi o'dd Ianto wedi codi llawr y rŵm
bach ac ar 'i benlinie yn whilo ffordd i ga'l gwared â
dŵr y bath. Yn syden, dyma fe'n gweld piben yn
rhedeg o dan y llawr.

'Hon yw hi . . . 'ma hi i ti . . . hon yw hi, reit i wala.'

'Dere weld,' medde Wil gan blygu i archwilio'r
biben.

'Bachan, bachan, wyt ti o dan llawr drws nesa
fanna. Piben Mrs Jones Australia yw honna w!'

'Beth yw'r gwanieth? Diawsti, i'r un man ma'r
cwbwl yn mynd, on'd ife.'

'Ti'n meddwl bydd hi'n folon?'

'Pam na ddyle hi fod? Sa di fanna, af fi i ofyn iddi
nawr.' A bant â Ianto i'r tŷ drws nesa.

'Grindwch, Mrs Jones. Ishe gofyn rhwbeth i chi . . .
Fydde rhyw wanieth 'da chi bod piben Wil drws nesa
yn mynd miwn i'ch piben chi? Chi'n dyall beth wy'n
feddwl?'

Ond ro'dd Mrs Jones ymhell o fod yn dyall beth o'dd e'n feddwl. Wel, dim yn ôl y golwg o'dd ar 'i wyneb hi ta beth. A 'nath cynnig Ianto i roi eglurhad pellach ddim byd ond drysu mwy ar y gymdoges.

'Sdim gwanieth bod dŵr Wil yn cymysgu â'ch dŵr chi, nago's e. I'r un man ma'r cwbwl yn mynd, chweld.'

Ond dda'th 'na'r un gair o ene Mrs Jones a chymerodd Ianto fod 'i distawrwydd yn arwydd nago'dd gyda hi ddim un gwrthwynebiad. A'r noson honno mi o'dd y cysylltiad wedi'i neud. O'r diwedd mi o'dd yna fathrwm yn nymbar ffôr Hewl y Mynydd.

Pan dda'th Wil o'r gwaith dranno'th mi o'dd John y mab wedi cyrra'dd sha thre o'i fla'n e ac yn barod i fedyddio'r bath. Ond cha's e ddim. Na, yn ôl Sara, Wil o'dd i ga'l y fraint o ga'l y bath cynta ac agor y bathrwm newydd.

'Ma' rhyw wynt ffein ofnadw 'ma heddi,' mynte Wil wrth ddod trw' ddrws y gegin.

'Gwynto'r stêcen wyt ti. Geso i stêcen fach neis 'da Tomos y bwtshwr.'

'O ie, a ble ma'r sosej 'te? Ma' hi yn ddydd Mercher, on'd yw hi.'

'Ody wy'n gwbod, ond meddwl o'n i ddylen ni ga'l pryd bach spesial, rhwbeth i ddathlu'r bathrwm newydd.'

Tynnodd Wil 'i ddillad gwaith o fla'n tân y gegin— popeth ond 'i ddrafers—a ma's â fe i'r rŵm bach i wmolch miwn bath am y tro cynta yn 'i fywyd. Ond pan bwysodd e mla'n i agor y tap beth welodd e ond Shanco drws nesa yn cysgu ar wilod y bath, mor jycôs â dryw bach yn 'i nyth. Fe agorws e un llygad i dwlu pip ar Wil, ac yna 'i chau hi, fel 'se fe'n gweud nago'dd dim symud i fod nes bod e'n ca'l 'i gino 'run peth ag arfedd.

'Fydd 'na ddim sosej i ti heddi, 'machgen i, dydd Mercher ne' bido. A wy'n itha siŵr na fydd 'na ddim stêcen i ti ta fel bod hi.' A gyda 'nny fe agorws Wil y tap dŵr twym.

Welws mo Sara na John y cwrcyn yn mynd trw'r gegin, dim ond rhwbeth tebyg i lycheden goch yn mynd hibo a phridd yr ardd yn tascu wrth iddo fe anelu am y tŷ drws nesa yn gwmws fel 'se holl gŵn y greadigeth yn 'i gwrso fe.

Wedi i Wil gwpla batho a dod 'nôl i'r gegin, pwy o'dd yno yn 'i ddishgwl e ond Ianto. O'dd hwnnw wedi dod i weld os o'dd popeth yn gwitho'n iawn yn y bathrwm newydd.

'Diawsti, Wil, ti'n lanach na beth weles i di eriod, w. Pethe'n gwitho'n olreit, odyn nhw?'

'Fel mashîn wnio. Alle fe ddim bod yn well.'

A gyda 'nny pwy dda'th trw' ddrws y gegin ond Mrs Jones Australia. O'dd hi'n llefen y glaw ac yn gweud bod Shanco druan yn itha tost ac yn dishgwl fel 'se fe wedi ca'l sgildanad wrth fôn 'i gwt.

'Bôn 'i gwt?' holodd Ianto miwn syndod. 'Beth chi'n feddwl? Ar 'i din ife?'

'Ie . . . ie . . . wel man bach digon sensitif os chi'n dyall beth wy'n feddwl.'

'Odw, wy'n dyall yn iawn. A ma' 'da fi bob cydymdeimlad ag e 'ed,' atebodd Wil gan gofio'r drinieth ga's e gyda Shanco yn y twba.

'O! Beth 'naf fi? . . . Shanco bach, pŵr dab ag e.'

'Pŵr dabs â chathod y lle 'ma weda i.' A phan welws Mrs Jones fod Ianto yn cymryd y peth yn ysgawn fe drows ar 'i swdwl a mynd sha'r tŷ â'i thrwyn yn yr awyr.

68

Ond mi o'dd pethe erill ar feddwl Ianto.

'Gofiest ti adel y dŵr ma's do fe, Wil?'

'Wrth gwrs 'nny. Diawch o'dd hi'n bleser i weld e'n mynd. Dipyn rhwyddach na arllws twba ta beth.'

''Na fe, ma' 'nna'n bwysig, tweld. Dyw hi ddim yn talu gadel dŵr brwnt yn y bath. Adawiff e farce du arno fe. 'Nenwedig dŵr colier.'

A gyda hynny mi o'dd Mrs Jones Australia 'nôl 'to ac yn dishgwl fel 'se hi'n barod i gwmpo unrhyw funed.

'Diawsti, fenyw, smo chi 'di dod i achwyn am y cwrcyn 'to, do's bosib!' holodd Ianto.

'Na . . . na nid Shanco . . . Amanda . . . Dewch . . . dewch yn glou . . . ma' Amanda fel y blac . . . 'i dŵr hi'n ddu i gyd! Dewch . . .'

Penderfynodd Sara nad mater i ddynion o'dd hwn.

''I dŵr hi'n ddu? Wel mawredd annwl, fenyw, beth ych chi'n neud fan hyn? Os yw dŵr y groten y lliw 'na well i chi moyn doctor ati, a gore gyd pwy gynta 'ed.'

'Na . . . na chi ddim yn dyall. Dŵr y bath! Cwbwl 'nath hi o'dd mynd i'r bath a fe dda'th 'na ryw ddŵr du lan trw' dwll y plwg. O diar . . . wy' ddim yn gwbod beth i neud! 'Se chi'n gweld 'i golwg hi. Pŵr dab â hi!'

'Gan bwyll am bach nawr, Mrs Jones,' medde Wil gan dwlu llygad fach od ar Ianto. 'All dŵr ddim dod lan all e. Sha lawr ma' dŵr yn mynd, w.'

'Wy' ddim yn gwbod, wir.' John o'dd hwnna yn galw o'r bathrwm. 'Fel'na ma' pethe yn Awstralia, on'd ife. Popeth â'i ben sha lawr!'

5 Y Dyn Ambiwlans

Ar wahân i fynd i'r cwrdd acha dydd Sul ac i'r cwrdd wthnos nos Fercher, anamal iawn y bydde Wil Hwnco Manco yn mynd o'r tŷ o gwbwl. Heblaw am nos Lun wrth gwrs pan fydde fe'n mynd lan sha'r ysgol i'r Dosbarth Ambiwlans. O'dd Wil wedi bod yn aelod ffyddlon o hwnnw ers rhyw dri gaea, a'r gaea llynedd o'dd e wedi ca'l perswâd ar Ianto Piwji i ymuno hefyd. Mi o'dd hynny wrth fodd Elsi achos mi o'dd yn well 'da hi bod Ianto yn y Dosbarth Ambiwlans na bod e'n hala'i nos Lun yn yr Hope an' Anchor. A pheth arall, o'dd y dosbarth yn cwpla am naw a mi o'dd hynny'n golygu bod 'i gŵr yn dod sha thre yn weddol gynnar.

Ond rhyw nos Lun fe a'th y demtasiwn yn ormod i Ianto ac yn lle mynd sha thre wedi'r dosbarth fe drows e miwn i'r Hope an' Anchor. O'dd hi mla'n bythdu un ar ddeg o'r gloch arno fe'n dod i'r tŷ a do'dd dim bagal o dano fe. O'dd e'n feddw cordyn bleins os gwetson nhw. Fuws pethe ddim yn dda iawn rhynto fe ag Elsi ar gownt y busnes 'na a fe benderfynodd hithe bod rhaid dial.

'A paid ti â dishgwl i fi godi 'da ti bore fory! Gei di godi dy hunan—a neud dy frecwast dy hunan!' A bant â hi sha'r gwely fel cath â'i chwt ar dân. Ond cyn mynd lan y stâr fe drows yn ôl yn nrws y gegin a chynnig un *broadside* arall. 'A gwell i ti ddechre dysgu shwd ma' torri bara menyn 'ed os ti'n moyn rhwbeth i fyta sha'r gwaith 'na achos mi odw i wedi paratoi dy focs bwyd ti am y tro dwetha!'

A fel'na buws hi. Y bore wedyn fe dda'th Ianto i ben a chodi miwn pryd. Fe a'th i'r gwaith heb 'i frecwast achos fe a'th gormodd o amser i dorri tamed o fara menyn. Fe fuws e'n whilmentan yn y pantri am rwbeth i ddodi arno fe, ond yr unig beth alle fe weld o'dd tamed o jam coch. Ac erbyn iddo fe gyrra'dd y gwaith do'dd dim llawer o whant gwitho arno fe.

'Bachan, bachan, be sy arnot ti?' holodd Wil. 'Ti'n dishgwl yn gwmws fel 'se ti wedi bod yn cysgu 'da'r cŵn, w. Dere, cydia yn y rhaw 'na. O's 'i hofon hi arnot ti ne' beth? Naiff hi ddim o dy gnoi di, bachan!'

Ond diwedd y gwt fe fuws yn rhaid i Ianto gyfadde 'i fod e wedi bod yn fachgen drwg y nosweth gynt a bod Elsi wedi pallu codi i neud brecwast iddo fe. Cha's e ddim llawer o gydymdeimlad 'da Wil.

'Syrfo di reit! Dy fusnes di o'dd mynd sha thre, ontefe.'

Ond a gweud y gwir, do'dd dim amser 'da Wil i fynd i ddadle am ddirwest achos o'dd cyment o waith yn 'u haros nhw. Fel digwyddws hi mi o'dd dram wedi moylyd a bwrw post ma's nes bod peth o'r top wedi dod lawr ac fe a'th y rhan fwya o'r bore i gliro'r annibendod cyn dechre meddwl am lanw glo.

'Ie, wel nawr 'te, well i ni ga'l ana'l bach wy'n credu,' medde Ianto wedi cwpla'r gwaith clirio. 'Ni siŵr o fo'n hiddu ana'l bach ar ôl hwnna.'

'Ie, iawn, gawn ni bum muned fach 'te.'

Ond o'dd pum muned ddim yn ddigon i ddyn o'dd â'i ben e fel bwced a'i fola fe'n wag.

'Dishgwl, man a man i ni adel y rastal lawr. Wy' bythdu starfo a gweud y gwir 'thot ti.'

Fe ddeallws Wil taw'r peth gore i neud fydde cytuno â'r awgrym achos o'dd e'n gweld na fydde dim llawer o siâp gwitho ar Ianto nes bod e wedi ca'l rhwbeth yn 'i fola. A dyma estyn y bocsys bwyd a'r jacs dŵr a lawr â nhw yn 'u cwrcwd yn y ffas.

'Gwed 'tho i, beth s'da ti heddi 'te? Rhwbeth ffein, sbo.'

O'dd Ianto wastod ishe gwbod beth o'dd gyda Wil yn 'i focs bwyd. Ond heddi ro'dd e'n fwy ta'r nag arfedd ishe gwbod.

'Gad weld nawr 'te.' A dyma Wil yn pilo'r pishin bara menyn top oddi ar yr un o dano fe i ga'l gweld beth o'dd rhyngtyn nhw. 'Wel bachan, dyma ti syrpreis fach neis. Tamed o ffowlyn, shgwl—cig gwyn 'ed. Whare teg i Sara, ma' hi'n gwbod shwd ma' dishgwl ar ôl 'y mola i ta beth.'

Fe agorws Ianto 'i focs ynte gan bwyll fach. Do'dd dim ishe gofyn beth o'dd 'i gino fe. Toce mawr, cwlffe o fara. Bara gwyn o'dd e i fod ond o'dd e wedi mynd yn goch i gyd yn gwmws fel clwyf wedi gwidu trw' glwtyn.

'Bîtrwt, ife?' gofynnodd Wil yn ddiniwed.

'Nage.'

'Digon tebyg ta beth.'

'Smo ti'n gweld? Jam yw e, ontefe.'

'O ie. Jam plwms?'

'Shwd ddiawch ti'n dishgwl i fi wbod? O'dd hi'n rhy d'wyll i fi weld y pot. Gaiff hi blwms pan af fi sha thre!'

Ond fe wydde Wil yn ddigon da taw pregeth arall fydde'n dishgwl yr hen bartner heno 'to. O'dd Ianto wedi bod yn y *ring* yn erbyn sawl *heavyweight*, ond fuws e eriod yn ddigon o fachan i gwrdd ag Elsi. A 'sdim amheueth, o'dd e'n flin bod e wedi bod yn agos i'r Dosbarth Ambiwlans a'r Hope an' Anchor achos fe fuws e ar 'i fwyd 'i hunan trw'r wthnos. Hynny yw, os gallwch chi alw bara jam yn fwyd.

A bod yn onest, mae'n anodd dyall pam o'dd Ianto yn dileito yn y Dosbarth Ambiwlans. Falle taw ffansïo'i hunan yn iwnifform St John's o'dd e. Ond druan ag e, cha's e ddim iwnifform tra buws e 'na. O'dd e'n esgus gweud taw ffilu ca'l un i ffito o'dd e, achos bod 'i friche fe'n rhy hir medde fe. Ond o'dd pawb arall yn gwbod taw'r gwir amdani o'dd taw ffilu paso'r arholiade o'dd e. Gwa'th na 'nny, bocswr ne' bido, o'dd tamed bach o ofon gwa'd arno fe. A do's dim gobeth neud dyn ambiwlans ma's o fachan sy ofon gwa'd a ddim yn gallu gweud y gwanieth rhwng y *metatarsus* a'r *metacarpus*.

Rhyw nos Lun fe dda'th doctor bach ifanc lan o'r dre i holi aelode'r dosbarth a gweld shwd o'n nhw'n dod mla'n. Am ryw reswm fe benderfynodd ddechre gyda Ianto.

'You!' mynte fe yn ddigon ffrwmp. '*Tell me, where is the aorta?*'

Cyn belled â bod Ianto yn y cwestiwn, fydde man a man i *aorta* fod yn enw acha ffarm ym mhen draw'r byd. Do'dd gyda fe ddim amcan bod y doctor yn siarad am y brif wythïen yn y corff dynol. Ac wrth weld Ianto yn tuchan ac yn bwldagu yn 'i anwybodeth, fe ddechreuodd yr aelode erill fynd i wherthin. Fe gollws Dai Parce Bach bob llywodreth ar 'i hunan a dyna lle'r o'dd e'n dala'i drwyn rhwng 'i fys a'i fawd i atal 'i hunan rhag wherthin ma's yn uchel. Fydde popeth wedi bod yn iawn, ond fe ddigwyddws Ianto edrych draw a pan welws e Dai yn dala'i drwyn fe gredws taw cynnig help o'dd e'n neud. A heb feddwl ddwywaith dyma Ianto yn cydio yn 'i drwyn 'i hunan, a chyda thinc o fuddugolieth yn 'i laish, mynte fe wrth y doctor,

'*By 'ere, sir. The aorta is by 'ere.*'

Fe ollyngws Dai 'i afel yn 'i drwyn a rhoi'r sgrech fwya 'ithus glywodd neb erioed. O'dd e'n swno'n debycach i sgrech ola mochyn cyn marw na beth o'dd e i wherthin. Fe gydiodd y doctor yn 'i fag, casglu rhyw bapure at 'i gilydd ar hast a ma's â fe trw'r drws yn gwmws fel tarw ifanc yn ca'l 'i adel ma's at fuwch am y tro cynta. Ac wrth fynd ro'dd e'n whyrnu rhwbeth am bido dod 'nôl byth eto at shwd ganibalied anwaredd.

Ond para i ddod 'nath Ianto trw'r cwbwl. A whare teg, mi fuws e o help mawr i'r dosbarth miwn ffordd o siarad. Fe o'dd y claf, *patient* swyddogol y Dosbarth Ambiwlans. O'dd e bob amser yn barod i orwedd ar 'i gefen, ar 'i fola, yn 'i ddwble miwn po'n—unrhyw beth o'dd ishe. I bwrpas y dosbarth, fe ddalws Ianto bob siort o afiechyd a cha'l pob siort o ddamweinie. Miwn un gaea fe dorrws e bont 'i ysgwydd, ca'l *third degree burns, fractured cranium, compound fracture* o'r *humerus, hairline fracture* o'r *ulna*, torri gwythïen fawr yn 'i fraich, fe fuws e'n agos at foddi ac fe ga's e lectric sioc.

Busnes ofnadw o'dd y lectric sioc. Ar witha beth o'dd e wedi fwgwth fe dda'th y doctor bach ifanc yn ôl at y dosbarth unwaith eto—dod fel ceffyl plwc achos bod Doctor Lloyd ddim ar ga'l. Mi o'dd Doctor Lloyd wedi hala sawl nosweth yn dysgu'r dosbarth shwd o'dd rhoi *artificial respiration* i rywun o'dd wedi ca'l lectric sioc weddol drwm. A mi o'dd pawb yn gwbod yn gwmws beth o'dd rhaid 'i neud—gwbod ble o'dd dodi'r dwylo a faint o bwyse i roi wrth wasgu ar yr asenne i ga'l y claf i ddod rownd. Ond ro'dd syniade newydd gyda'r doctor bach ifanc 'ma. *Modern methods,* os gwedws e. O'dd e am ddangos shwd o'dd rhoi *mouth to mouth resuscitation.* Y peth cynta nath e o'dd darllen adnod o'r Beibl—o ail lyfr y Brenhinoedd, a bod yn fanwl. Fe gredws Wil am funed taw nos Fercher cwrdd gweddi o'dd hi ac nid nos Lun ambiwlans. Darllen o'dd y doctor am Eliseus yn dod 'nôl â chrwtyn bach o farw yn fyw trwy roi 'ei enau ar ei enau ef'.

''Na chi,' mynte'r doctor. 'Dyna chi *perfect example* o *mouth to mouth resuscitation.*'

Y peth naturiol i neud wedyn o'dd 'i drio fe ma's. A Ianto, fel y claf swyddogol, o'dd i whare part y crwt o'dd wedi marw—ne' drws nesa i farw ta beth. Gorweddodd Ianto yn 'i hyd ar y llawr, yn stiff fel pocer a'i lyged wedi cau. O'dd e'n dishgwl yn gwmws fel corff. Ro'dd e wedi mynd i ysbryd y darn reit i wala.

Yna fe 'nath y doctor bach gamgymeriad mawr. Fe ofynnws e i Ned Mandrel Mawr whare part Eliseus. Y rheswm fod hyn yn gamgymeriad o'dd fod Ned yn fachan o'dd yn cnoi baco. Do'dd e byth heb joien o dan 'i ddant. Ond gwa'th na'r cwbwl, yn wahanol i arfer cnöwr baco, do'dd Ned ddim yn gallu poeri. Y canlyniad o'dd fod wastod sudd tybaco yn llifo i lawr pob ochor idd'i ên, yn gwmws fel dwy ffrwd fach frown. Ar ben y cwbwl mi o'dd 'i ddannedd e, gyment ag o'dd gyda fe, o'n nhw mor ddued â dannedd ceffyl yn codi'n ddeg o'd. A fel 'se hynny ddim yn ddigon, o'dd 'da fe fwstás Stalin mawr du a godre hwnnw yn llawn gwlybanieth baco a phoer.

'*Get on your knees at right angles to the patient,*' gorchmynnodd y doctor.

A lawr â Ned ar 'i linie yn 'itha defosiynol, fel dyn yn mynd i weddi. Wedyn dyma'r doctor yn dangos iddo fe shwd o'dd cydio â'i fys a'i fawd yn nwy foch y claf. Ac er bod bysedd Ned wedi gerwino gan flynyddoedd o drafod rhaw a mandrel, symudws Ianto ddim blewyn er garwed y drinieth. Ond pan bwysodd Ned mla'n i roi'r gusan adfer bywyd fe glywodd Ianto rhyw hen wynt bach od ac fe agorws 'i lyged yn gynt na beth ddyle fe. All neb weud beth a'th drwy'i feddwl e ond fuws e ddim eiliad cyn dyall beth o'dd y ddrychioleth flewog, ddrewllyd o'dd yn edrych lawr arno fe. A phan o'dd Ned yn paratoi i 'roi ei enau ar ei enau ef', dyma Ianto yn nido ma's o dano fe fel wenci ac o'dd e ar 'i dra'd miwn whincad. Pan o'dd Ianto'n dod lan mi o'dd Ned yn mynd sha lawr. Fe a'th 'i benlinie o dano fe a fe gwmpws yn fflat ar 'i drwyn yn erbyn llawr yr ysgol. Dyna'r tro cynta eriod i'r dosbarth ga'l cyfle i drin claf go iawn. Fe fuon nhw wrthi drw'r nos yn stopo gwa'd Ned a dodi'i drwyn e 'nôl yn 'i le. Ac fe ddysgon nhw fwy y nosweth hynny na 'nethon nhw eriod wrth drafod esgus o glaf fel Ianto Piwji.

Ond ar witha pob profiad diflas, ro'dd Ianto yn para'n ffyddlon i'r dosbarth a phara i obitho efalle rhyw ddwarnod y bydde fe'n gwishgo iwnifform St John's a cha'l cyfle i neud defnydd o'i wybodaeth feddygol. Ac yna yn syden fe dda'th y cyfle. Fe ga's y dyn ambiwlans 'i awr fawr. Er, rhaid gweud na 'nath pethe ddim troi ma's yn gwmws fel o'dd e wedi feddwl.

Bore dydd Sadwrn o'dd hi, y bore Sadwrn wedi'r ffrae fawr rhyngto fe ag Elsi. O'dd hi wedi gwrthod codi i neud brecwast gwaith ar hyd yr wthnos a Ianto wedi gorffod byw ar 'i fwyd 'i hunan. Ond heddi, bore Sadwrn, do'dd dim rhaid codi'n gynnar a fydde dim rhaid wmladd â'r dorth a'r jam plwms i baratoi bocs bwyd. Druan ag e, os o'dd e wedi breuddwydio am ga'l bore bach tawel o'dd siom fawr yn 'i aros e. O'dd e braidd wedi agor 'i lyged pan blannodd Elsi'i phenelin yn 'i asenne fe.

'Smo ti'n meddwl codi heddi 'te? Pwy lercan wyt ti acha bore Sadwrn fel hyn? Os na shapi di 'ddi mi fydd yn nos cyn bod ti'n troi. Dere, ma' ishe carthu dan y mochyn i ddechre.'

Pan o'dd Ianto ar hanner carthu'r twlc fe glywodd e ragor o ordors o gyfeiriad y tŷ.

'A pan fyddi di wedi cwpla fan'na cofia bod ishe i ti fynd i ercyd clai, ma'r pele wedi mynd yn ishel.'

A wedi iddo fe foylyd y tail mochyn i'r domen, bant â fe sha'r mynydd i hôl whilbered o glai. Erbyn 'i fod e'n ôl sha thre o'dd Ianto'n twmlo 'i fod e ishws wedi 'neud týrn onest o waith. Ond mi o'dd Elsi yn barod amdano fe.

'A 'shgwl ar dy olwg di! Dere sha'r tŷ 'ma i newid mor glou â galli di. Ma' ishe i ti ercyd y cig erbyn fory. A smo ti'n ca'l mynd i'r dre yn y picil 'na. Dere, shapa hi i newid y dillad 'na.'

Pan ga's e'r trydydd gorchymyn yma fe welws Ianto ryw lygedyn bach o ole ar fore o'dd wedi bod yn ddigon tywyll mor belled. Ond o'dd e ddim yn mynd i ddangos hynny—ddim iddi hi ta beth. A rhag ofon iddo fe ddangos gormod o frwdfrydedd fe ddechreuodd rhyw esgus gwrthwynebu.

'O's rhaid mynd i hôl cig nawr y funed 'ma? All e ddim aros 'sbod hi ar ôl cinio?'

'Nawr ne' ddim! Os na ei di'n gynnar mi fydd y pishis gore i gyd wedi mynd, a ti fydd yn achwyn fwya os bydd dy gig dy' Sul di'n wddin. Dere, gna hast, gei di neud y pele ar ôl dod sha thre.'

A dyna'n gwmws beth o'dd Ianto ishe'i glywed. Fe a'th lan y stâr gan bwyll fach, yn gwmws fel 'se fe'n mynd i ga'l 'i grogi. Ond man ca's e'r llofft o'dd e wedi wmolch a gwishgo dillad glân miwn whincad. Crys gwlanen a choler galed a trwser streip copish tarw ar ôl 'i dad. Falle bod hwnnw damed yn fawr rownd y canol ond fel arall mi o'dd e'n ffitio fel maneg.

Ro'dd Ianto wedi gwitho'r cwbwl ma's i'r blewyn. Gadel y tŷ am un ar ddeg, pum muned o wâc i ddala'r bỳs, cyrra'dd y dre yn deidi erbyn i'r tafarne agor am ddiddeg, peint ne' ddou yn Y Blac, hôl y cig, dala'r bỳs un o'r gloch a sha thre erbyn dou. O leia, fel'na o'dd e wedi'i fwriadu. Ond do'dd e ddim wedi bargeinio y bydde fe'n cwrdd â Joni Ben Bach. A dyna lle dechreuodd pethe fynd yn lletwith. Pan a'th Ianto miwn i'r Blac dyna lle'r o'dd Joni'n ishte yn y cornel. Fe a'th un peint yn ddou a'r ddou yn dri ac yn bedwar. Yn diwedd mi o'dd e wedi colli cownt—ac wedi anghofio popeth am y cig. Fe dda'th yn stop tap a fe ddechreuws Ianto hercan 'i ffordd i ddala'r bỳs pedwar. A dyna pryd cofiws e 'i fod e heb gig erbyn y Sul.

Do's neb yn gwbod shwd 'nath e hi—mwy na thebyg nag o'dd e 'i hunan ddim yn gwbod—ond rhyw ffordd neu'i gilydd fe ffindws e shop Twm Sâm y bwtshwr. Erbyn hyn mi o'dd Twm wedi gwerthu ma's ac wedi cau'r shop ac wrthi'n golchi a glanhau. Fe ddechreuws Ianto ddyrnu ar y ffenest i ga'l tynnu 'i sylw fe.

'Hei! Cymer bwyll!' gwaeddodd Twm o'r shop. 'Cymer bwyll cyn i ti dorri'r ffenest 'na!'

'Ie . . . wel agor 'te. Pwy . . . pwy gadw un o dy gwsmeried gore ma's ar yr hewl wyt ti!' Ag o'dd Ianto'n ca'l rhywfaint o drafferth i ga'l 'i dafod rownd idd'i eirie.

'Ble ti'n mynd yr amser 'ma, gwed ti? Beth ti'n moyn?'

'Ie . . . wel cig damo di! Beth arall ti'n feddwl wy'n moyn, lasys sgitshe?'

78

Mi o'dd Ianto erbyn hyn wedi dechre ysgwyd y drws nes bo'r cwbwl yn clindarddach ac fe feddylws Twm taw'r peth calla i neud fydde agor cyn bod e'n tynnu'r shop am 'i ben.

'Smo ti'n gweld? Wy' wedi cau, bachan.'

'Grinda . . . grinda 'ma Twm . . . cau ne' bido, ma' rhaid i fi ga'l cig erbyn fory. Alla i ddim mentro mynd sha thre hebddo fe. Laddiff honco fi.'

'Wel bydd yn barod am y gwitha 'te achos do's 'da fi ddim sgrapin o gig ar ôl. Ble wyt ti 'di bod 'sbod nawr gwed ti? Ond 'na fe, sdim ishe gofyn. Shgwl ar dy bicil di. Ti miwn amdani pan ei di sha thre ta fel bod hi, cig ne' bido!'

'Damo di, ddyn! Ma' rhaid bod rhwbeth i ga'l 'da ti. 'Se fe'n ddim ond tamed o afi mochyn, ne' ben dafad ne' rhwbeth . . . Jawl, hanner muned, beth yw hwnna sda ti fanna?'

Cader buwch o'dd 'hwnna', a Twm Sâm wedi'i thwlu hi i fwced yn barod i fynd â hi sha thre i'r ci. Do'dd e ddim byd ma's o'r cyffredin i rywrai brynu cader buwch—o'n nhw ond yn rhy falch i dalu chwe chinog amdani a'i thoddi hi lawr i neud sa'm. Peth arall fydde trio neud cino o rwbeth felna, yn enwedig cino dy' Sul. Ond ta fel bod hi, fe fynnws Ianto ga'l y gader buwch.

'Diawsti, Twm, estyn hi 'ma er mwyn popeth. O leia fydd honco'n gweld bo' fi wedi neud 'y ngore ta beth. Well na mynd sha thre heb ddim, tweld.'

Ac mi fuws Twm yn ddigon dwl i gytuno. Fe gynigws roi tamed o bapur amdani, ond do'dd dim amser i ryw seiens felna—o'dd rhaid dala'r bỳs pedwar. A'r peth nesa dyma Ianto yn gafel yn y gader wrth un o'r tethe, rhoi dou neu dri tro arni yn gwmws fel 'se fe'n twlu'r mwrthwl yn yr Olympics,

mystyn top 'i drowser â'r llaw arall, a miwn â'r gader
yn deidi tu ôl i'r copish tarw. Os o'dd Ianto'n hecan
ac yn moylyd ar 'i ffordd o'r Blac i'r shop fwtshwr, fe
fuws y wâc o'r shop at y bỳs yn dipyn mwy lletwith
ac anghysurus. O'dd y bỳs yn dishgwl amdano fe.
Dybl decar iwtiliti. Ond alle Ianto ddim meddwl
dringo'r stâr. Rhwng y cwrw yn 'i fola a'r gader yn 'i
drwser alle fe ddim mynd pellach na'r sêt gwt ar y
llawr isha. Un o'r ddwy sêt bren o'dd yn wynebu'i
gilydd a lle i dri ymhob un. Fe grafws 'i ffordd i un
o'r rheiny a gadel 'i hunan lawr fel sach o dato. Pwy
o'dd yn digwydd ishte godderbyn ag e ond Mrs
Williams-Harries, J.P. Yn ôl 'i harfer bob prynhawn
Sadwrn mi o'dd hi wedi bod yn gweld 'i whar yn y
dre, ond fe alle dyn feddwl taw wedi bod yn
Buckingham Palace o'dd hi yn ôl y pluf o'dd arni, a
mi o'dd 'i gwefuse hi ddwbwl 'u maint gyda trwch y
lipstic. Fydde hi mei ledi ddim ar y bỳs o gwbwl tase
hi'n ca'l 'i ffordd. Fel arfer mi fydde'i gŵr yn 'i dreifo
hi ambythdu'r lle, ond gan 'i bod hi'n amser rhyfel mi
o'dd gormod o ofon ar hwnnw ga'l 'i ddal â phetrol
coch yn y tanc. A 'nele hynny ddim o'r tro, yn
enwedig a bod hithe'r wraig yn ishte ar y fainc. A
fydde hi ddim yn ishte godderbyn â Ianto Piwji, ma'
'nna'n saff. Ond do'dd dim modd osgoi hynny heddi
gan fod y bỳs yn llawn dop.
    Rhwng bod Ianto wedi dechre pendwmpan a'r bỳs
iwtiliti yn ysgwyd i gyd, fe ddechreuws y gader slipo
yn ish ac yn ish i'r trwser a cyn bod y bỳs wedi
cyrra'dd pen tyle'r Efel Ddu fe ddigwyddws peth
bach digon lletwith. Mi o'dd un o'r tethe wedi gwitho'i
ffordd ma's trw'r copish tarw. Wedi gwneud
ymddangosiad annisgwl a gweud y lleia.
    Y peth nesa ma' Ianto yn 'i gofio yw twmlo llaw y

conductor ar 'i ysgwydd a'i glywed e'n bwgwth 'i dwlu fe ma's o'r bỳs os nago'dd e'n dodi'i hunan yn deidi ac yn barchus yn weddol glou.

Fe fuws Ianto sbel fach cyn dyall am beth o'dd y dyn yn siarad. Ond whare teg, wedi iddo fe ddyall, cwbwl 'nath e o'dd whilmentan ym mhoced 'i wasgod am 'i gylleth boced. Wedi dod o hyd iddi dyma fe'n 'i hagor hi gan bwyll fach, a chyn bod neb yn dyall beth o'dd yn digwydd fe dorrws e'r deth bant yn y bôn a'i thwlu hi ma's o'r bỳs i'r hewl yn gwbwl ddisermoni. Mi fydde Ianto wedi mynd yn ôl i gysgu yn ddigon jycôs, oni bai am un peth. Fe rows y J.P. un sgrech oerllyd cyn paso ma's a chwmpo'n gwdyn ar lawr y bỳs wrth 'i dra'd e.

'Wel diawsti . . . diawsti, be sy'n digwydd 'ma? Ody hi 'di ca'l haint, gwedwch?' mynte Ianto yn itha syn, a fe alle dyn feddwl nago'dd 'dag e ddim byd i neud â'r peth. Fe ddechreuws pobol godi o'u seti a chrynhoi o gylch corff anferthol a llonydd Mrs Williams-Harries. A dyna pryd gwelws Ianto'i gyfle. Hon o'dd 'i awr fawr.

'Diawsti, be sy arnoch chi w? Sefwch 'nôl, rhowch gyfle i'r fenyw ga'l tamed o awyr iach, w. 'Na'r cwbwl sy ishe arni, tamed bach o aer . . . Nawr 'te, gadwch chi bopeth i fod i fi, wy'n gwbod yn gwmws beth i neud . . . Dewch weld . . . Ia, 'na fe, *first kneel at right angles to the patient!*' A cyn i neb allu'i rwystro fe mi o'dd Ianto ar 'i benlinie ar lawr y bỳs yn rhoi'i enau ar 'i genau hi, yn gwmws fel o'dd y doctor bach diarth o'r dre wedi'i ddangos yn y dosbarth ambiwlans—ac yn gwmws fel 'nath y dyn yna yn y Beibl.

Do'dd neb yn siŵr iawn os taw dyna 'nath y tric, ond gynted â bod Ianto lawr dyma'r J.P. yn dechre straffaglan i godi. Fe gymerws y dyn ambiwlans fod hynny'n arwydd 'i fod e wedi neud 'i waith yn iawn a fe ddalws mla'n i hwthu lawr 'i chorn gwddwg hi. Whare teg i Ianto, o'dd e am neud yn siŵr fod y fenyw yn dod rownd yn iawn.

Wedi iddyn nhw'i chodi hi yn ôl idd'i sêt, wedws hi ddim un gair o'i phen, dim ond ishte'n stwn a'i phluf wedi shwblachad a'i hat ar sgiwiff. A do's dim sôn iddi weud gair am y peth tra buws hi byw.

Mi o'dd Ianto'n fachan mawr yn dod sha thre y prynhawn hwnnw ac yn 'i swagro hi'n bert. Whare teg iddo fe, nid bob dydd ma' dyn yn ca'l cyfle i roi cusan adfer bywyd, yn enwedig i fenyw o sylwedd fel Mrs Williams-Harries. Pan a'th e sha'r tŷ mi o'dd Elsi yn barod amdano fe a dwy fôn braich wedi'u plethu ar draws 'i bronne miwn stans fygythiol.

'A beth yw'r amser hyn ti'n dod sha thre?'

Atebws Ianto ddim. Ro'dd e'n rhy fishi yn whilmentan lawr yn 'i drwser.

'Dere, gwed, beth yw shwd amser â hyn? Ble ar y ddiar wyt ti 'di bod?'

''Ma ti, cymer hwn,' mynte Ianto â'i dafod tew, gan dwlu cader buwch dair teth ar y ford yn gwmws fel 'se fe wedi dod â ffesant iddi.

Ond 'nath Elsi fawr o sylw o'r gader achos erbyn hyn mi o'dd hi wedi clywed gwynt pwdwr a sent yn dod trw'r gwynt cwrw. Mwy na 'nny fe welws hi ryw olion paent coch ar wyneb 'i gŵr.

'Y mawredd mawr, beth yw'r gwynt 'ma? A beth yw hwnna ar dy wyneb di?'

'Pw . . . pw . . . pwdwr a . . . a lipstic!'

'Lipstic?'

'Iawn tro cynta, gw' gel.'

'Y nefoedd fawr! Ble wyt ti 'di bod?'

'Lipstic o chops Mrs Williams-Harries . . . os yw e o ryw fusnes i ti. On'd o's gwynt ffein 'da fe! Mmmmm, ma' blas ffein arno fe 'ed,' ychwanegodd Ianto gan lyfu'i wefuse. Fe ddechreuws bloneg Elsi gyrnu i gyd yn gwmws fel *blancmange* ac fe gwmpws yn garlibwns i'r gader yn ochor y tân mewn haint. Ond haint ne' bido, cha's Elsi druan ddim o'r *mouth to mouth resuscitation*. O na, cha's hi ddim gyment â cha'l cynnig cusan bywyd.

''Na ti, merch i, gna di'n gwmws fel ti'n moyn, ond wy'n mynd i ga'l sbel fach. Wy'n credu bo' fi'n hiddu gyment â 'nna, gwlei.'

A bant â fe i'r gwely. Chlywodd e ddim rhagor am neud pele na hôl dŵr na thorri co'd tân na charthu'r twlc. Pan gododd Ianto o'i wely ymhen rhyw ddwy-awr dyna lle ro'dd Elsi yn cwpla tynnu perfedd y cilog o'dd hi wedi meddwl 'i gadw erbyn Nadolig.

Pan dda'th hi'n amser bwyd yn y gwaith ddydd Llun dyma Ianto Piwji, yn ôl 'i arfer, yn gofyn i Wil Hwnco Manco beth o'dd gyda fe yn 'i focs bwyd. Ond cyn i Wil ga'l cyfle i edrych ro'dd Ianto wedi agor 'i focs ynte a dechre codi'r pishin bara menyn teneua welsoch chi eriod, ac odano fe mi o'dd 'na sleishen dew o gig ffowlyn mor wynned â chalico.

Y nosweth honno yn y Dosbarth Ambiwlans fe a'th Doctor Lloyd ati i ddangos shwd o'dd trin rhywun o'dd wedi ca'l *fractured mandible*. A dyma Ianto'n camu mla'n a gorwedd ar 'i hyd ar lawr yr ysgol. Wedi'r cwbwl, fe o'dd y claf swyddogol.

'Hanner muned, Ifan Jenkins,' medde'r doctor. 'Codwch lan o fanna.' A dyma fe'n galw ar Ned Mandrel Mawr. 'Edward Lewis, gorweddwch chi fan hyn.' A lawr â Ned â'r joien dybaco dan 'i ddant a'i fwstás o dan 'i drwyn.

'Nawr 'te, Ifan Jenkins, wy' ishe i chi ddangos i'r dosbarth shwd ma' trin *fractured mandible*.

Y bore Sadwrn canlynol fe gysgws Ianto mla'n. Erbyn iddo fe godi o'i wely mi o'dd y twlc wedi'i garthu'n lân fel y pìn a'r pele wedi'i gymysgu. Ac fe a'th Ianto sha'r dre ar y bỳs un ar ddeg.

6 Dial Dai Lluwch

Rhyw brynhawn sha diwedd yr haf o'dd hi a Wil Hwnco Manco yn dod sha thre o'r gwaith yn fachan digon hapus 'i fyd. Wedi'r cwbwl, mi o'dd hi'n brynhawn dydd Gwener, wythnos arall o slafo wedi dod i ben a phecyn pae bach arall i'w dwlu ar y ford i Sara. O'dd e'n dishgwl mla'n at ga'l dwarnod bach tawel yn yr ardd dydd Sadwrn a dwarnod yn y cwrdd dydd Sul. A dyna lle ro'dd e'n cerdded lan ale'r ardd yn mwmian rhyw emyn ne'i gilydd pan dorrodd llaish Sara ar 'i glyw yn gwmws fel hwter y gwaith.

'Wil! Dere 'ma glou. Ti'n gwbod pwy sy 'di marw?'

Bob tro fydde Sara yn clywed fod rhywun o'dd hi'n 'i nabod wedi marw mi fydde hi'n rhedeg i gyhoeddi'r newyddion wrth bawb, yn gwmws fel 'se hi'n falch o ga'l gweud. Dyna'r unig reswm pam o'dd hi'n prynu'r papur dyddiol—er mwyn darllen colofn y marwolaethe. O'dd hi'n mynd drwy honno â chrib fân ac os nago'dd hi'n gweld enw rhywun o'dd hi'n 'i nabod mi fydde hi'n itha siomedig.

'Wel, wel,' wede hi. 'Wfft i shwd bapur! Neb wy' i'n nabod yndo fe heddi 'to! Ma' hi wedi mynd, dim ond dynion diarth sy'n marw dyddie 'ma!' Yna mi golle hi bob diddordeb yn y papur a'i dwlu fe naill ochor.

Ond ar y dwarnod arbennig yma 'nath y papur ddim 'i siomi hi. Alle hi ddim aros i Wil ddod sha thre i ga'l rhannu'r newyddion.

'Wil! Ti'n gwbod pwy sy 'di marw?'

'Nagw i! Shwt ti'n dishgwl i fi wbod?'

'Alli di ddim dyfalu?'

'Falle taw fi yw e. Wy' 'di hala mwy o amser o dan y ddiar na sawl un sy lan sha'r fynwent 'na.'

'Paid bod mor ddwl! . . . Ond gredi di byth! Defi Lewis . . . Ma' Defi Lewis wedi marw.'

'Pwy?'

'Defi Lewis . . . Dai Lluwch, w.'

'Wel pam na fyddet ti 'di gweud 'nny i ddechre 'te?'

'A ma' fe'n mynd i ga'l 'i grimeto a twlu'i luwch e i'r môr.'

'Ody, sbo. Wy' ddim yn synnu.'

'Pam ti'n gweud 'nny?'

'Morwr o'dd e, ontefe.'

'O? O'n i'n meddwl taw colier o'dd e.'

'Wy'n dyall 'nny, ond morwr o'dd e cyn 'nny, ontefe. O't ti ddim yn gwbod? Fuws Dai Lluwch ar y môr am flynydde, w.'

Mi o'dd yna ddwy farn ynglŷn â shwd ga's yr ymadawedig 'i fedyddio yn Dai Lluwch. Yn ôl rhai fe gafodd e'r enw o'r dwarnod cynta y dechreuws e witho o dan y ddiar. Ma' hi'n debyg bod rhai o'r hen ddwylo yn ffilu gweld shwd o'dd bachan o'dd wedi arfer â'r môr mawr agored yn mynd i ddod i ben â gwitho yng nghyfyngder gwthïen fach.

'Gewch chi weld am 'nny,' mynte Dai. 'Mi fydda i'n gwitho nes bo'r lluwch yn tasgu!' Ac yn y man a'r lle fe'i bedyddiwyd yn Dai Lluwch.

A'r gwir wedws e. O'dd y lluwch *yn* tasgu. O'dd e'n withwr mor wyllt ac yn 'i gyfer, do'dd neb arall yn folon gwitho gydag e. O'dd e ddim yn saff. Unweth gele fe fandrel a rhaw yn 'i ddwylo o'dd e fel dyn gwyllt. Unig ddiléit Dai o'dd llanw gyment o lo â galle fe, a hynny o achos 'i fod e mor drachwantus.

Neu o leia, achos bod 'i wraig e'n drachwantus. Menyw hytrach yn ddidoreth o'dd Meri Hannah. Alle hi ddim gwnio patshin acha trwser gwaith am brish yn y byd, a phan fydde trwser Dai wedi mynd yn rhy anniben i wishgo, mi fydde hi'n mynd lawr i'r Co-op i brynu un newydd. O'dd gyda hi ddim amcan shwd o'dd neud sgileted o gawl hyd yn o'd, a mi o'dd hi'n hala ffortiwn yn shop Thomas y bwtshwr yn prynu stêc a rhyw gigach drud felna. A sôn am wishgo! Mi o'dd hi'n berchen mwy o bare o sgitshe na'r frenhines. Heb sôn am yr hetie. Fydde hi byth yn prynu un het ar y tro 'run peth â menywod erill. Na, o'dd rhaid i Meri Hannah ga'l dwy os gwelwch chi'n dda.

'Dishgwl, Dai. Geso i ddwy het fach neis yn Jones y Milliner heddi. Ti'n lico nhw?'

O'dd Dai yn sefyll yn y gegin, newydd ddod o'r gwaith, a'i wallt e'n dangos ma's trwy dwll mawr yn 'i gap.

'Sylwest ti ddim os o'dd Jones y Milliner yn gwerthu cape dynion, sbo.'

Na, sdim rhyfedd fod Dai Lluwch druan yn gwitho mor galed, o'dd ishe pob dime alle fe ennill i gadw gwraig fel hon. A'r drafferth o'dd nago'dd yna ddim un colier yn y Graig Ddu yn barod i witho fel partner iddo fe. A dyw hynny ddim yn syndod achos o'dd e mor fishi yn llanw glo o'dd gyda fe ddim amser i boeni am ryw reole diogelwch yn y pwll. Mi o'dd hyn yn dipyn o ben tost i Davies y Manijer. Wydde fe yn y byd beth i neud â Dai. Ond rhyw fore dyma Davies yn galw Wil Hwnco Manco i'r offis.

'Dewch miwn, William. Steddwch.'

Nid yn amal y bydde Davies yn galw rhywun i'r offis. Ond pan fydde hynny'n digwydd mi allech fentro bod rhwbeth mawr wedi mynd o'i le. A dyna lle'r o'dd Wil yn ishte fan'ny wedi tynnu'i gap ac yn 'i symud e o'r naill law i'r llall yn aros i glywed y gwitha.

'Shgwlwch, Mr Davies. Wy'n flin iawn. Odw wir i chi.'

'O, am beth ddylech chi fod yn flin, William?'

'Wel . . . wel ma' rhaid bo' fi wedi neud rhwbeth o'i le ne' fydden i ddim 'ma. Er, wy' ddim yn gwbod beth alle fe fod . . . Mawredd! Pidwch gweud bo' fi wedi llanw baw yn y glo, o's bosib!'

'William, ma'ch glo chi gyda'r glana sy'n dod lan o'r pwll 'ma.'

'O . . . diolch . . . diolch yn fawr i chi am weud. Wy'n neud 'y ngore ta p'un.'

'Odych, a dyna pam wy'n moyn siarad â chi.'

'Eh? Wy' ddim yn dyall . . .'

'Gweld odw i, chi shwd ddyn . . . beth weda i . . . wel y'ch chi shwd ddyn cyfrifol on'd y'ch chi. Chi'n gwbod beth wy'n feddwl? A meddwl o'n i . . . wel rhywun tebyg i chi ddyle fod yn gwitho gyda fe Defi Lewis.'

'Defi Lewis! Dai Lluwch y'ch chi'n feddwl?'

'Ie, 'na chi. Sdim pawb yn folon gwitho 'da fe fel chi'n gwbod, a meddwl o'n i, 'se fe'n ca'l partner cyfrifol rhwbeth yn debyg i chi, falle cele chi rywfaint o ddylanwad arno fe. Pwyllo rhyw dipyn bach arno fe, os chi'n dyall.'

'Gan bwyll am bach, nawr, Mr Davies. Y'ch chi'n gofyn i fi fynd i witho 'da Dai Lluwch. Dyna beth ofynsoch chi?'

'Ie, rhwbeth tebyg.'

'O wel, wy' ddim yn gwbod ambythdu 'nny. Wy' ddim yn credu y bydde Sara yn rhyw hapus iawn i glywed 'nna.'

'Wel, os na ewch chi ato fe wy' ddim yn gwbod beth arall i neud. Bydd rhaid iddo fe ga'l y sac yn ôl fel ma' pethe'n mynd.'

Y peth dwetha o'dd Wil ishe o'dd bod yr hen Dai yn colli'i waith. Beth wnele Meri Hannah wedyn? Os nago'dd arian yn dod i'r tŷ, shwd o'dd hi'n mynd i ga'l 'i hetie a'i sgidie a phethe felly? Ond dyna fe, fe fynne hi ga'l rheiny ryw ffordd ne'i gilydd. Dai druan fydde'n gorffod godde. Tra bod 'i phen a'i thra'd hi'n iawn fydde dim llawer o wanieth 'da hi beth fydde ym mola Dai.

'A peth arall i chi,' medde'r Manijer. 'Gweld odw i, ma'r ffaith 'ych bo chi'n aelod o'r Dosbarth Ambiwlans yn mynd i fod o help mawr i chi.'

'O, a beth sda'r Dosbarth Ambiwlans i neud â'r busnes hyn, gwedwch chi?'

'Chi'n gwbod fel ma' hi. Ma' fe Defi Lewis mor wyllt, mae e'n ca'l rhyw anhap ne'i gilydd yn dragwyddol. A gweld o'n i y bydde fe'n beth da bod rhywun tebyg i chi wrth law i helpu pan fydd rhwbeth felna'n digwydd. Dewch, beth chi'n weud?'

'Wel dodwch e fel hyn,' atebodd Wil wedi eiliad neu ddwy o 'styried. 'Wy'n fodlon rhoi cynnig arni, dim ond i weld shwd aiff hi.'

Ac o'r bore hwnnw mi o'dd Wil Hwnco Manco, y dyn pwyllog a'r gwithwr gofalus a'r aelod blaenllaw o'r Dosbarth Ambiwlans, yn gwitho yn yr un talcen â Dai Lluwch, y dyn bant-â'r-cart, byrbwyll, peryglus; y dyn o'dd yn gwitho nes bo'r lluwch yn tasgu.

Ond, fel yr awgrymwyd, mi o'dd yna esboniad arall ar shwd ga's Dai y glasenw. O'dd yna rywbeth bach yn ddiniwed yn Dai. Fel 'se fe ddim wedi bod ymhen draw'r ffwrn—wedi dod ma's gyda'r pice, os gwetson nhw. A fel bydde dyn yn ddishgwl, mi o'dd

Ianto Piwji gyda'r cynta i sylwi ar y gwendid bach yma o'r funed y gwelodd e'r colier newydd ar ben y pwll ar 'i fore cynta.

'Defi Lewis, ife?' Mi o'dd Ianto'n ymddangos fel pe bydde fe am neud y gwithwr newydd i dwmlo'n gartrefol.

'Dyna ma'n nhw'n weud ta p'un.'

'A ma'n nhw'n gweud wrtho i dy fod ti wedi bod ar y môr.'

'Do, am flynydde mawr.'

'Wel dyalla gyment â hyn, o dan y môr fyddi di'n gwitho o hyn mla'n. Man a man i ti ga'l gwbod 'nny nawr cyn starto.'

A fe a'th Dai yn itha gwelw. Fe ga's e gyment o ofon, fuws e'n agos â throi ar 'i swdwl a mynd sha thre cyn gwitho un týrn.

'Iawn 'te,' medde Ianto, yn gwmws fel taw fe o'dd y manijer. 'Dy job cynta di fydd mynd rownd i lanhau ffenestri o dan ddiar. Ti'n dyall?'

A fe gredws y pŵr dab fod Ianto'n garedig iawn yn rhoi jobyn bach ysgawn iddo fe i ddechre. Help i dorri'i hunan miwn gan bwyll fach. A'r dwarnod hwnnw fe fuws Dai yn cerdded 'nôl a mla'n o dan ddiar a chlwtyn gwlyb yn 'i law yn whilo am ffenestri o'dd ishe'u glanhau.

'Diawsti, bois,' mynte Ianto amser cino. 'Ma'r bachan bach newydd 'ma yn ddiniwed tost. Peth rhwydda yn y byd yw twlu lluwch idd'i lyged e ta p'un.'

A dyna fe, ma' rhywrai yn mynnu gweud taw o'r funed honno yr aeth Defi Lewis yn Dai Lluwch. O'dd, mi o'dd hi'n rhwydd twlu lluwch i lyged Dai.

Mi o'dd Wil Hwnco Manco wedi cytuno i gymryd Dai yn bartner ar un amod, sef 'i fod e'n pwyllo rywfaint wrth 'i waith. Fe 'nath Wil hynny yn berffeth glir iddo fe o'r dwarnod cynta.

'Wy' ishe i ti ddyall un peth cyn starto. Os wyt ti'n dod i witho 'da fi ma' rhaid i ti gymryd pwyll. Os ei di mla'n fel wyt ti fe wnei di ddrwg mawr i ti dy hunan. A gwa'th na 'nny fe allet ti ddod â fi i ddrwg gyda ti. A wedyn, pwyll fydd pia hi ragor. A dyalla di 'na.'

Ond dyw hi ddim yn dishgwl yn debyg fod Dai wedi dyall o gwbwl a fe a'th pethe ar y gynechdro o'r dwarnod cynta. O'dd dim gwanieth beth ddwede Wil, o'dd Dai wrthi mor wyllt ag eriod, yn gwitho nes bod y lluwch yn tasgu os gwedws e.

A fe ddigwyddws. Fe ga's Dai anhap. Do's neb yn gwbod yn iawn fel digwyddws e, ond ma' pawb o'r farn taw arno fe'i hunan o'dd y bai. O'dd post wedi dod yn rhydd a dala Dai yn 'i frest nes o'dd e'n ôl ar 'i gefen ar y llawr, yn gwmws fel 'se fe wedi dala dwrn Wil yn 'i *solar plexus*. O'dd e'n gorwedd yn llonydd fel dyn marw ac yn ffilu tynnu'i ana'l. Fuws Wil ddim eiliad yn 'i droi fe ar 'i fola a pwmpo'i gefen e â'i ddwylo, nes o'r diwedd mi o'dd Dai yn dechre anadlu unwaith 'to.

'Ti'n iawn, Dai?'

Ond yr unig beth glywodd Wil o'dd llaish Dai yn gwmws fel dyn yn godde o'r cwinsh. 'O, Mam! . . . O . . . O, Mam fach!'

A gyda hynny dyma 'na laish arall wrth 'u cefne nhw,

'Mam wedest ti! Fuest ti bythdu â gweld dy Dad nawr, 'machan i.' Ianto Piwji o'dd yno, wedi dod draw i weld beth o'dd y mwstwr.

'Diawsti, Wil. Lwcus y diain bod ti'n gwbod beth i neud ne' fydde'r boi bach hyn wedi llanw'i ddram ola wy'n ofni.'

Fe a'th gweddill yr wthnos hibo a Dai, trwy ryw ryfedd wyrth, yn rhydd o bob anhap. Ond ar y prynhawn dydd Gwener, pan o'dd Wil yn paratoi i ddodi'r tŵls ar y bar, fe a'th Dai ati i godi cnepyn mawr o lo i ben y ddram. Mi o'dd y llwyth yn ormodd iddo fe a fe dda'th y cnepyn i lawr ar gefen llaw Wil. A dyna lle'r o'dd Wil â'i fys yn hongian ac yn gwidu fel mochyn ac yn bwgwth pob math o erchylldere ar Dai, a hynny mewn iaith heb fod yn gweddu i ddyn o'dd yn mynd sha'r cwrdd ar y Sul, heb sôn am un o ffyddlonied y cwrdd wthnos.

Wydde Dai druan ddim beth i neud. Y peth cynta dda'th i'w feddwl o'dd rhedeg am help i'r talcen lle'r o'dd Ianto Piwji.

'Dewch, Ifan Jenkins, dewch yn glou. Ma' Wil wedi ca'l smacen ar 'i fys!'

'Ody fe nawr!'

'Ody, a ma fe'n gwidu fel mochyn. Wy' ddim yn gwbod beth i neud! Dewch!'

'Ddim yn gwbod beth i neud? Wrth gwrs dy fod ti'n gwbod! Bachan, bachan, ond pwy ddwarnod gest ti smacen dy hunan, w . . .'

'Ie, wy'n gwbod 'nny, ond . . .'

''Na fe 'te, ti siŵr o fod yn cofio beth 'nath Wil i ti. Cer ato fe, fydda i 'da ti cyn bo'n hir.'

O'dd Dai Lluwch ar shwd gyment o hast i fynd i helpu Wil, sylwodd e ddim bod Ianto yn wên o glust i glust. Ac erbyn i Ianto gyrra'dd, dyna lle'r o'dd Dai wedi troi Wil ar 'i fola ac yn pwmpo 'i gefen e gyment â alle fe, a Wil yn cico ac yn sgrechen ac yn 'i alw fe wrth bob enw ar wyneb daear.

'Beth gythrel ti'n feddwl wyt ti'n neud? Gad fi i fod! Cwn lan . . . Ianto! Help!'

Ond chymerodd Dai ddim sylw yn y byd, dim ond

para mla'n i bwmpo. Ag o'dd Ianto ddim yn neud llawer o sylw—o'dd hwnnw'n rhy fishi yn lladd 'i hunan yn wherthin.

'Ianto! Er mwyn y nefo'dd! Dere bachan, tyn y mwnci 'ma odd'ar 'y nghefen i cyn iddo fe'n lladd i!'

O'r diwedd fe gydiodd Ianto yn Dai a'i godi fe lan wrth 'i wegil yn gwmws fel 'se fe'n trafod fferet. Y funed ca's Wil 'i dra'd odano fe fe ddechreuws shapo lan i Dai gyda'i ddwrne.

'Dere 'ma y diawl dwl! Beth ti'n feddwl ti'n neud, gwed?'

'Wel . . . wel *artificial respiration*, ontefe. Moyn 'ych gwella chi o'n i, 'na gyd.'

''Y ngwella i? Fuest ti bythdu â'n lladd i, y twpsyn! Beth gythrel sy' arnot ti gwed? Gwidu odw i'n neud, nid mogu!'

Yr unig beth safiws Dai rhag profi ergyd o ddwrn o'dd y ffaith i Wil gofio'n syden bod 'i fys e'n dost—a chofio'i fod e'n ddyn capel yn y fargen. Oni bai am hynny mi fydde ishe rhwbeth mwy nag *artificial respiration* ar Dai Lluwch. Fuws Wil ddim yn hir cyn dyall taw Ianto o'dd wedi twyllo Dai. Ond fe ga's Ianto faddeuant 'ed. A phan a'th e draw i'r tŷ y noswedd honno i holi hynt 'i bartner, fe ga's y ddou bwl o wherthin ar gownt y peth, a hynny ar witha'r ffaith fod bys Wil yn gwynegu mor ofnadw.

*   *   *

A rhyw atgofion fel'na o'dd yn dod yn ôl i Wil Hwnco Manco wedi i Sara dorri'r newydd am farw yr hen Dai Lluwch. Dyna lle'r o'dd e'n yfed 'i gawl ac yn aros bob hyn a hyn, weithie'n edrych yn freu-ddwydiol i'r basin a phryd arall yn gwenu wrth gofio am yr hen greadur diniwed. Ie, y peth rhwydda yn y byd o'dd twlu lluwch i lyged Dai druan.

'O's rhwbeth yn bod ar y cawl 'na?' holodd Sara gan ddeffro Wil o'i freuddwyd.

'Eh? . . . Na, na ma'r cawl yn iawn.'

'Wel yf e 'te yn lle dishgwl arno fe. A paid bod yn hir cyn wmolch a newid i ti ga'l mynd i edrych am Meri Hannah. Ma' hi siŵr o fod yn dy ddishgwl di.'

A'r nosweth honno mi o'dd Wil Hwnco Manco a Ianto Piwji, y ddou yn 'u dillad gore, yn gwrando'n barchus ar Meri Hannah yn adrodd hanes ymadawiad 'i phriod.

'Cwbwl wnes i o'dd mynd lawr at Tomos y bwtshwr i ercyd stêcen fach i swper a pan ddes i sha thre o'dd e wedi mynd. O'dd e'n ishte fanna yn gwmws yn lle y'ch chi Ifan yn ishte.'

A fe symudws Ianto yn 'i gader fel 'se fe hanner awydd codi. Ond 'nath e ddim o hynny, dim ond rhoi peswchad fach od fel dyn wedi llyncu cleren.

'Sdim gwanieth 'da chi mod i'n gofyn, ond o's rhwbeth yn llosgi 'ma?' gofynnodd Wil gan godi'i drwyn i gyfeiriad y gegin fach.

'O'r mawredd annwl! Y stecên!' a rhuthrodd Meri Hannah i'r gegin fach i achub y ffrympan.

'Lwcus bod trwyn da 'da chi, William, ne' mi fydde fy swper bach i wedi llosgi'n golsyn. Gyda llaw, chi'n gwbod taw crimeto Dai fyddwn i, on'd y'ch chi. Dyna beth o'dd e'n moyn, ca'l 'i grimeto a thwlu'i luwch i'r môr. Ar y môr buws e, chweld, am flynydde. A gweud y gwir 'thoch chi, o'dd Dai ni yn fwy o forwr na beth o'dd e o golier.'

'Ie, hawdd credu 'nny,' sylwodd Ianto.

'O'n i o hyd yn gweud wrtho fe 'se well iddo fe fod wedi stico i'r môr yn lle mynd i'r hen waith glo 'na.'

'Bydde, gwell o lawer,' cytunodd Ianto. A fuws e'n agos â gweud y bydde hynny wedi bod yn llawer gwell i bawb arall 'ed, ond fe drows Wil 'i lyged arno fe yn rhybudd iddo fe gau'i geg.

'A smo chi'n gwbod, falle 'se fe wedi aros gyda'r môr falle bydde fe byw heddi,' ebe Meri Hannah yn ddagreuol.

'Ie, a falle bydde bys Wil yn fwy cwmws nag yw e heddi.'

'Bachan, bachan, pwy foddran am 'y mys cam i wyt ti ar amser fel hyn? Bydd dawel, w. Ma' blynydde 'ddar y busnes 'na. Ishe anghofio pethe fel'na sy nawr.'

'Ody fe'n 'ych poeni chi o hyd, William?' Mi o'dd Meri Hannah yn dangos consýrn mawr ynghylch y bys.

'Na, na dim llawer. Dim ond pan fydd y t'wydd yn newid. Ma' fe'n gwynegu rhywfaint bach pryd 'nny falle.'

'Dyna ti,' mynte Ianto. 'Bob tro bydd y t'wydd yn troi ti'n saff o gofio am Dai on'd wyt ti.'

Ac yn syden fe gofiodd Meri Hannah am rywbeth. 'O ie, gan bod chi'n siarad am y tywydd, mi fyddwch chi'ch dou yn folon mynd gyda fe, on'd byddwch chi?'

Edrychodd y ddou ar 'i gilydd yn llwyr gredu fod Meri Hannah yn dechre drysu. Falle taw effeth y brofedigeth o'dd yn dechre gweud arni. Ianto o'dd y cynta i dorri ar y tawelwch lletwith.

'Mynd gyda fe?'

Ac erbyn hyn mi o'dd Wil wedi ffindo'i laish. 'Mynd gyda fe i ble?'

'Wel i'r môr wrth gwrs. O'dd Dai wedi gweud eriod taw chi'ch dou o'dd e'n moyn i fynd â'i luwch e i'r môr. Hynny yw, os na byddech chi wedi mynd o'i fla'n e wrth gwrs. Dewch, chi'n folon neud cyment â 'nna os bosib. Dorre Dai'i galon 'se fe'n meddwl 'ych bod chi'n gwrthod.'

Do'dd Ianto na Wil yn fawr o ddynion môr. Y tro dwetha buon nhw yndo fe o'dd ar drip y gwaith i Borthcawl. A dim ond tynnu'u sgidie a'u sane 'nethon nhw pryd 'nny.

'Wrth gwrs y gwnawn ni,' atebodd Wil, ond mi o'dd 'i laish e'n gryndod i gyd.

'Ie . . . ie, *certainly*,' atebodd Ianto, ond yr un mor shigledig.

'Peth lleia allwn ni neud ontefe, Ianto.'

'Wrth gwrs 'nny . . . Gwedwch nawr 'te, Meri Hannah, o's rhyw amcan 'da chi pryd ma'r trip 'ma i fod?'

'Wel ma' Mr Williams yr *undertaker* yn gweud y byddwch chi'n hwylio ma's o Docs 'Bertŵe y dwarnod ffein cynta ar ôl y gwasaneth angladd. O'dd Dai yn lico Docs 'Bertŵe, chweld. O'dd e wastod yn gweud, siwrne o'dd 'i long e'n dod miwn i 'Bertŵe o'dd e'n twmlo bod e wedi cyrra'dd gartre.'

A wedi ca'l ar ddyall bod rhaid ca'l dwarnod pan fydde'r môr yn dawel a'r awyr yn glir, fe a'th y ddou golier sha thre ychydig yn fwy esmwth 'u meddylie.

Dridiau wedi'r gwasaneth angladd fe gafodd Wil a Ianto yr alwad i fynd i gwrdd â'r bad yn Abertawe am hanner awr wedi deg y bore er mwyn ca'l dala'r llanw. O'dd hi'n fore bach gweddol pan safodd y ddou ar y docie yn edrych ma's i'r môr.

'Diawsti, Wil. Ti'n meddwl 'i bod hi'n saff, gwed?'

'Mynd fydd rhaid i ni bellach, saff ne' bido.'

'Damo fe, Dai Lluwch! O'dd hi ddim yn saff bod yn agos iddo fe pan o'dd e byw. A dyw e ddim lot gwell yn farw os gofynni di i fi. Twl bip ar y tonne 'na, Wil!'

'Paid poeni, w. Fydd popeth yn olreit, gei di weld.'

'Pwy wedws 'mod i'n poeni? Be sy'n 'y mhoeni i fwya yw ble ddiawch ma' Jones gweinidog!'

Ac ar y gair dyma nhw'n gweld y gweinidog yn dod ma's o'i gar yn 'i ddillad angladd a chwdyn papur llwyd o dan 'i gesel.

'Wel, ar f'ened i!' medde Ianto. 'Shgwl, ma' hwn wedi dod â'i fwyd gyda fe! Alli di fentro bod trip hir y cythrel o'n bla'n ni.'

'Bore da, gyfeillion. Mi wela 'ych bod chi ill dau yn barod ar gyfer y fordaith.'

'Y'ch chi wedi paratoi yn dda ta beth,' atebodd Ianto gan amneidio ar y cwdyn papur llwyd o dan gesail y gweinidog. 'Sandwiches, ife?'

'Ylwch, Ifan Jenkins, peidiwch â rhyfygu, da chitha. Cofiwch fod gennon ni dasg bruddaidd iawn i'w chyflawni.'

'Wy'n flin, Mr Jones, ond gweld y cwdyn papur o'n i, a meddwl . . .'

'Wel, mi ddyliach chi fod wedi meddwl yn ddwysach. Mae cynnwys y pecyn yma yn gysegredig iawn ichi ddallt. Dim byd llai na gweddillion eich diweddar gyfaill, David Lewis. Rŵan 'ta, rwy'n tybio mai'r peth gora fasa inni anelu am y cwch. Dowch yn 'ych blaena.'

Pan o'dd y cwch rhyw waith deg muned ma's o'r porthladd fe sylwodd Wil fod golwg fach od ar Jones gweinidog. O'dd e fel 'se fe wedi dechre troi'i liw.

'Chi'n olreit, Mr Jones?'

Ond mi o'dd Mr Jones ymhell o fod yn iawn, a'r peth nesa mi o'dd e'n pwyso dros ymyl y bad yn arllws 'i frecwast i'r môr. A pan nad o'dd rhagor o frecwast ar ôl fe a'th i orwedd ar wilod y bad a'i wyneb yn newid lliwie mor amal â'r gole traffig ar sgwâr Felin-y-Pandy.

'Diawsti,' mynte fe Ianto. 'All e fentro codi o fanna ne' fydd gyda ni waith twlu dou i'r môr nawr.'

Fe arhosodd y bad rywle godderbyn â'r Mwmbwls, ac fe fuws yn agos i galonne'r ddou golier stopo yr un pryd.

'Dewch, Mr Jones, y'n ni wedi cyrra'dd. Dewch, codwch, w.' Dim ateb. Dim ond sŵn pregethwr yn griddfan yn 'i bo'n.

'Diawsti, Wil, gna rwbeth bachan. Pwmpa'i gefen e ne' rwbeth!'

'Beth ti'n wilia? Ti'n wa'th na Dai Lluwch, bachan. Wyt ti ddim yn rhoi *artificial respiration* i ddyn sy'n chwdu, w!'

'Wel os na ddaw e at 'i hunan yn weddol glou bydd rhaid i ti neud y job yn 'i le fe, 'na gyd ambythdu 'ddi. Wy' i ddim yn aros fan hyn trw'r dydd yn dishgwl i hwn wella, Dai Lluwch ne' bido.'

A felna buws hi. Wedi meddwl yn hir fe ddodws Wil 'i law yn y cwdyn papur gan bwyll fach a thynnu llond dwrn o luwch Dai. Erbyn hyn mi o'dd 'i wyneb ynte yr un lliw ag wyneb Jones gweinidog.

'Fydde well i fi weud rhwbeth gynta, gwlei . . . Beth odw i fod i weud, Mr Jones?' ymbiliodd Wil ar y gweinidog ar lawr y bad. Ond chafodd e ddim help o'r cyfeiriad hwnnw. Sythodd Wil a pheswch fel pregethwr.

'Dyma ti 'te, Dai. O'r môr y daethost atom, ac yn ôl i'r môr y cei di fynd.'

Ac yn gwmws fel heuwr yn mynd allan i hau, fe dwlodd Wil lond dwrn o luwch Dai i'r tonne. Hynny yw, i'r tonne y bwriadwyd iddo fe fynd. Ond fel digwyddodd pethe, fe gododd hen awel fach siarp o rwle, ac yn lle bod gweddillion Dai yn bwrw'r dŵr fe chwythodd y cwbwl yn ôl i'w hwynebe nhw.

Ianto druan ga's y gwitha. Fe ddalodd e'r cwmwl lluwch i gyd, ynghanol 'i lyged. A dyna lle ro'dd e'n 'u rwbo nhw ac yn gweiddi ar Wil.

'Beth gythrel sy mla'n 'da ti, gwed?'

'Pam, beth odw i 'di neud nawr 'to?'

'Beth ti 'di neud! Twlu lluwch Dai Lluwch i'n llyged i, dyna beth ti 'di neud!'

O dipyn i beth mi o'dd Jones gweinidog wedi dod at 'i hunan ac yn gweld beth o'dd yn digwydd. Ac er 'i fod e'n dala i dwmlo'n ofnadw o dost, alle fe ddim pido ca'l pwl bach o wherthin.

'Bobol bach! Meddyliwch am y peth! Defi Lewis yn taflu llwch i lygid Ifan Jenkins! Pwy fasa'n meddwl ynte!'

'Y'ch chi wedi dod rownd rwbeth yn syden iawn ond y'ch chi?' A do'dd Ianto ddim mewn hwyl i weld unrhyw ddoniolwch.

'Ia, ia, ma'r hen air yn ddigon gwir wchi. Beth bynnag a heuo dyn, hynny hefyd a fed efe. Ia, chwara teg i'r hen Ddefi, ddeuda i.'

A do'dd Wil ddim yn 'i hwylie gore chwaith. Fe gydiodd e yn y cwdyn papur a'i dwlu fe mor belled â galle fe ma's i ganol y tonne. Ac yna fe glywodd e sŵn wherthin yn rhwle. Ond do'dd e ddim yn siŵr iawn o ba gyfeiriad o'dd y sŵn yn dod, ai o wilod y bad ne' o wilod y môr. Ond dyna fe, falle bod yr awel yn whare'i champe unwaith eto.